바람의
마스터
Wind Master

바람의 마스터 7

임영기 장편 소설

초판 1쇄 찍은 날 § 2016년 2월 15일
초판 1쇄 펴낸 날 § 2016년 2월 22일

지은이 § 임영기
펴낸이 § 서경석

편집책임 § 박가연

펴낸곳 § 도서출판 청어람
등록번호 § 제387-1999-000006호
등록일자 § 1999. 5. 31
어람번호 § 제1-2358호

주소 § 경기도 부천시 원미구 부일로 483번길 40 서경B/D 3F (우) 14640
전화 § 032-656-4452 팩스 § 032-656-4453
http://www.chungeoram.com
E-mail § chungeorambook@daum.net

ISBN 979-11-04-90643-5 04810
ISBN 979-11-04-90417-2 (세트)

7

임영기 장편 소설

바람의 마스터

Wind Master

도서출판 청어람

바람의 마스터

Wind Master

CONTENTS

제40장
초인 한태수

1시간 58분 52초.

2016년 3월 13일 오전 8시 대한민국 수도 서울 광화문에서 시작해서 같은 날 오전 9시 58분 52초에 잠실종합운동장에서 끝난 인간의 한계를 극복한 한 편의 리얼 드라마는 전 세계를 들끓게 만들었다.

전 세계 수십억 사람이 대한민국의 윈드 마스터에게 열광하고 찬사를 보냈다.

마라톤이나 운동에 관심이 있는 사람이든 아니든 한태수가 이룩한 대역사는 인류사의 큰 획을 그었다면서 다들 입을 모아 칭송했다.

그리고 전문가들은 윈드 마스터가 새로 경신한 1시간 58분 52초의 신기록은 아마도 금세기 동안에는 깨지지 않을 것이라고 성급하게 입을 모았다.

윈드 마스터가 자신의 모국에서 마라톤대회에 참가한다고 하니까 그가 세운 2시간 1분대의 기록을 또다시 경신하지 않을까 하고 단순하게 예상했었던 각국의 취재진들은 막상 2시간대의 벽이 깨지자 이 경이로운 대회를 특종으로 다루었으며 태수와 인터뷰를 하기 위해서 때아닌 전투를 벌여야만 했다.

이날 대한민국은 축제에 빠졌다. 국민들은 윈드 마스터의 업적을 자기 일처럼 기뻐했다.

그리고 군가 '멸공의 횃불'이 인기가요 차트에 올랐다.

서울국제동아마라톤대회의 2위는 태수가 예상했던 대로 2시간 4분 22초를 기록한 베켈레에게 돌아갔다. 1위보다 거의 6분 가까이 늦은 기록이다.

3위와 4위는 친구 사이인 키메토와 무타이가, 5위 킵상, 그리고 6위는 뜻밖에도 무사시노가 차지했다. 기록은 2시간 5분 15초. 자신이 뉴욕마라톤대회에서 세웠던 2시간 5분 23초를 8초 앞당겼다.

여자부에서는 릴리아 쇼부코바가 2시간 16분 47초의 기록을 세우면서 시상대 가장 높은 곳에 올랐다.

쇼부코바의 2시간 16분 47초의 기록은 티루네시가 도쿄마라톤대회에서 세운 세계 2위의 기록 2시간 17분 08초를 21초 앞당겼을 뿐만 아니라 쇼부코바 자신의 종전 기록인 2시간 18분 20초를 1분 33초나 경신한 굉장한 기록이다.

안타까운 것은 티루네시가 2위를 했으며 2시간 16분 50초로 쇼부코바에 겨우 3초 뒤졌다는 사실이다.

티루네시는 자신이 지난 달 도쿄마라톤대회에서 세운 2시간 17분 08초를 18초 앞당겼지만 쇼부코바에게 우승을 뺏기는 바람에 빛이 바랬다.

더구나 티루네시는 한때 쇼부코바를 가장 존경했었으나 도쿄마라톤대회에서 일본의 과격우익세력이 태수를 테러한 일이 쇼부코바 때문이라고 생각하는 탓에 그녀를 몹시 미워하게 되었다.

그래서 다른 사람도 아닌 쇼부코바에게 졌다는 사실 때문에 티루네시는 마음이 크게 상하고 말았다.

3위는 신나라, 2시간 17분 15초. 도쿄마라톤대회에서 세웠던 자신의 최고기록 2시간 17분 35초를 20초 경신. 4위 마레는 2시간 17분 18초로 신나라에 3초 뒤졌다.

5위는 일본 여자 마라톤의 전설적인 선수인 노장 노구치

미즈키에게 돌아갔으며 기록은 2시간 20분 25초.

일본은 세계최정상급 선수들이 참가한 서울국제동아마라톤대회에서 남자 6위, 여자 5위를 함으로써 간신히 체면을 지킬 수 있게 되었다.

세계육상경기연맹 IAAF는 서울국제동아마라톤대회의 골드라벨을 영속적으로 지속시키는 방안을 추진하고 있다.

이유는 말할 것도 없이 마라톤 세계신기록 2시간대의 벽이 깨진 서울국제동아마라톤대회가 마라톤의 성지(聖地)로 급부상하고 있기 때문이다.

또한 마라톤 현 세계챔피언 한태수를 비롯하여 세계 최정상급, 정상급 선수들이 가장 많이 참가한 대회로 기네스북에 올랐을 정도가 됐기 때문에 전 세계 마라토너들에게 서울국제동아마라톤대회는 살아생전에 반드시 한 번은 참가해야만 하는 대회로 자리매김을 했다.

또한 세계메이저마라톤위원회, 즉 WMM은 세계6대메이저마라톤대회에서 도쿄를 탈락시키는 논의를 진지하게 거듭하고 있다는 소식이다.

첫째 이유는 마라톤 세계챔피언 윈드 마스터 한태수에 대한 두 번에 걸친 테러 때문이다.

일본 우익과격단체 소속 괴한들이 호텔에 잠입하여 세계챔피언을 죽이려고 습격한 일은 예전에도 없었으며 앞으로도 일어나지 않을 전대미문의 대사건이었다.

또한 주로를 1위로 달리고 있는 선수에게 비비탄을 쏴서 상해를 입힌 일 역시 테러사건으로 규정되었다.

그러한 일은 향후에도 특정 국가인 일본 도쿄에서 언제라도 일어날 수 있기 때문에 선수를 보호하고 도쿄마라톤대회를 징계하는 차원에서 IAAF는 골드라벨의 몰수를, WMM은 세계6대메이저대회 자격 박탈을 추진하고 있는 것이다.

*   *   *

동마가 끝난 후 태수는 스스로 보름 휴가를 정하고 세일링 요트 바바리아 크루저59를 타고 해운대를 훌쩍 떠났다.

요트 TWRM.windmaster에는 태수와 혜원 두 사람만 탔으며 행선지는 아무에게도 알리지 않았다.

태수와 혜원은 해운대를 출발한 지 4일째 아침을 바바리아 크루저59의 캐빈에서 맞이했다.

바바리아 크루저59에는 여러 최첨단 장비가 두루 갖추어져 있으며, 그중에서도 위성항법장치와 무인조종시스템이 있어서 두 사람이 곤히 잠들어 있는 중에도 요트는 정해진 항로를 따라 순조롭게 운항을 한다.

잠이 깬 혜원은 자신의 옆부터 확인했다. 지난 4일 동안 사랑하는 태수와 내내 한 몸처럼 붙어 있었는데 그 믿어지지 않는 일이 정말 현실인지 확인하려는 것이다.

　천창을 통해서 들어온 아침햇살에 똑바로 누워서 입을 약간 벌리고 잠들어 있는 태수의 모습이 보였다.

　'후후… 잘생긴 내 사랑……'

　이 꿈같은 일이 꿈이 아니고 현실이라고 확인한 혜원의 얼굴에 행복한 미소가 피어났다.

　혜원은 태수의 팔을 베고 그의 가슴을 꼭 안은 채 자신의 몸 절반을 얹고 다리는 그의 배에 올린 자세였다.

　'어머?'

　그리고 혜원은 자신의 손이 태수의 그곳을 꼭 잡고 있다는 사실을 깨닫고는 살짝 얼굴을 붉혔다. 하지만 단단하게 커진 그곳을 놓지는 않았다. 아니, 오히려 태수가 깨지 않도록 가만히 조몰락거렸다.

　해운대를 출발하고 나서 4일 동안 두 사람은 셀 수도 없을 만큼 많은 관계를 가졌다.

　마치 평생 할 걸 4일 동안 다 해버리겠다고 작정을 한 것처럼 밤낮을 가리지 않고 장소 불문하고 요트의 곳곳에서 뜨겁게 사랑을 나누었다.

"음······."

그런데 태수가 눈을 떴다. 혜원은 그가 깨지 않도록 그곳을 조심스럽게 만졌으나 어쩌면 그가 깨어나서 한 번 더 뜨거운 사랑을 퍼부어달라는 손길이었는지도 모른다.

"몇 시야?"

"8시. 앗!"

시계를 보면서 대답하던 혜원은 갑자기 몸이 번쩍 올려져서 태수의 몸 위에 엎드린 자세가 되자 깜짝 놀랐다.

"아침 인사 해야지."

"안녕. 잘 잤어, 오빠?"

"그거 말고, 아랫동네 애들 모닝 미팅을 해야지."

"오빠 순······."

혜원은 얼굴을 붉히면서도 싫지 않은 얼굴로 태수를 곱게 흘겼다.

아침 댓바람부터 태수에게 사랑을 흠뻑 받은 혜원은 침대에서 내려와 옷을 입고 아침 식사를 준비하기 전에 선실 밖으로 나가보았다.

"아! 육지야, 오빠!"

혜원의 호들갑스러운 목소리가 들리자 태수는 한껏 게으름을 피우면서 옷을 입고 밖으로 나갔다.

과연 혜원의 말처럼 저 멀리 아스라이 육지가 보였다.

태수는 팔로 혜원의 어깨를 감싸고 미소 지었다.

"오키나와야."

"그럼 목적지에 도착한 거네?"

"그래. 저기에서 푹 쉬었다가 돌아가자."

2시간 후. 바바리아 크루저59는 오키나와 중남부에 위치한 기노완마리나로 들어섰다.

태수는 요트 조종면허를 취득할 때 배운 실력으로 기노완마리나에 통신을 연결했다.

치치이―

"키로(K), 오메가(O), 로미오(R), 에코우(E), 알파(A)."

통신이 끝난 후에 한 척의 작은 배가 크루저59로 다가왔다. 그 배에는 기노완출입국관리소 직원과 도선사가 타고 있다가 크루저59로 옮겨 탔다.

태수는 유창한 영어로 그들과 대화를 하고 나서 입국허가를 받았고 도선사가 크루저59를 몰고 기노완마리나로 미끄러져 들어갔다.

혜원은 선수에 태수와 나란히 서서 기노완마리나의 풍경을 바라보면서 물었다.

"오빠, 아까 말한 거 무슨 뜻이야?"

"뭐 말이야?"

"키로, 오메가, 에코, 그랬잖아."

"아… 그거? 다 합치면 KOREA라는 뜻이야. 바다에서는 영어를 알파벳으로 읽지 않고 A는 알파, B는 브라보, C는 찰리, D는 델타, 그런 식으로 읽어."

"아……."

혜원은 알겠다는 듯 고개를 끄떡이고는 눈이 부신 듯 태수를 바라보았다.

"왜?"

"오빠, 더 멋져 보여."

태수는 빙그레 웃으며 혜원의 머리를 쓰다듬었다.

"워나 넌 전 세계에서 제일 예뻐."

"피이……."

태수와 혜원은 오키나와에서 꿈같은 일주일을 보내고 다시 대한민국 해운대로 출발했다.

2016년 3월 24일 해운대 마린시티 T&L스카이타워 85층.

"태수 너 보스턴대회 참가할 거지?"

심윤복 감독은 당연한 걸 확인하느라 한 번 더 물었다.

"갈 겁니다."

"알았다. 준비하지."

타라스포츠 트레이닝센터 휴게실에는 태수군단 5명과 심윤복 감독을 비롯한 운영진, 그리고 민영이 여기저기에 흩어져서 앉아 있다.

"내일부터 훈련에 들어가겠습니다."

태수의 말에 심윤복 감독은 고개를 가로저었다.

"보스턴대회까지 24일 남았는데 훈련은 무슨, 그러다가 피로 누적된다. 그냥 조깅이나 하면서 쉬어라."

"그래도……."

심윤복 감독은 실내를 둘러보았다.

"태수가 훈련을 더 해야 된다고 생각하는 사람 있나?"

아무도 입을 열지 않았다.

태수와 윤미소는 타라스포츠에서 지급하는 포상금과 수익금 문제로 민영의 사무실 소파에 앉아 있었다.

"부르셨어요?"

그때 타라스포츠 마라톤팀 영양사가 조심스럽게 문을 열고 얼굴을 디밀었다.

소파에 나란히 앉아 있는 태수와 윤미소 맞은편에 앉은 민영이 고개를 끄떡이자 영양사가 들어와 소파 옆에 두 손을 앞에 모으고 섰다.

"오늘부터 오빠 식단 신경 쓰세요."

"어떤 식으로 말씀입니까?"

민영은 태수를 바라보았다.

"오빠 얼굴 보세요. 보름 사이에 반쪽이 됐잖아요. 스테미너식으로 식단 새로 꾸미세요."

태수는 민영의 말뜻을 깨닫고 얼굴을 붉혔다. 지난 보름 동안 혜원하고 얼마나 사랑을 많이 불태웠으면 얼굴이 반쪽이 됐느냐는 뜻이다.

"킥!"

"그게 웃을 일이에요?"

영양사가 웃자 민영이 뾰족하게 꾸짖었다.

영양사가 나가자 민영은 태수를 하얗게 흘겼다.

"순 바람둥이."

윤미소가 정색하고 정정해 주었다.

"태수가 혜원 씨하고 그러는 건 바람피우는 거 아니잖아."

민영은 억지를 부렸다.

"바람이야."

"어째서?"

"오빠가 날 두고 다른 여자랑 자는 건 바람이야."

윤미소는 민영의 억지를 무너뜨릴 송곳을 가차 없이 찔렀다.

"그렇다면 내가 보기에 태수는 죽을 때까지 바람을 피울 것 같은데? 혜원 씨랑."

민영이 도끼눈을 하고 윤미소를 노려보았다.

혜원의 고모 수현은 마침내 오랜 꿈을 이루게 되었다. 부산 수영구 민락동 수변공원 근처 호텔 부지에 투자를 할 투자자가 나섰기 때문이다.

그동안 투자자 쪽에서 사람을 보내 쌍방의 모든 서류 절차를 마쳤다.

투자자는 수현의 요구를 100% 수용했다.

수현의 요구 조건은 호텔 설계에서 건축, 준공까지 자신이 감독한다는 것, 호텔이 개업하면 투자자는 사장, 수현은 상무, 혹은 전무의 직급으로 경영에 참여한다는 것, 그리고 연봉 5억 원을 제시했었다.

모든 서류는 다 마친 상태에서 드디어 오늘 수현은 투자자를 처음 만나게 되었다.

수현이 투자자와 만나기로 한 곳은 광안리에 위치한 '이어도'라는 유명한 횟집이다.

메뉴는 한 가지뿐 일본어로 '오마카세'라는 것인데, 주방장이 그날 가장 싱싱한 재료를 사용하여 알아서 코스 요리로 내준다.

이어도의 한쪽 조용한 방에는 수현이 먼저 와서 혼자 기다리고 있다.

약속 시간인 낮 1시가 가까워오자 대범한 성격인 수현이지만 초조함이 극에 달했다.

투자자의 대리인하고는 모든 대화와 서류 절차가 끝났지만 수현의 최종 요구 조건은 오늘 투자자를 직접 만난 자리에서 결정된다.

또한 수현의 장밋빛 청사진에 거액을 투자한 사람이 누군지 몹시 궁금하기도 하다.

수현은 물 한 컵을 앞에 놓고 염불이라도 드리는 것처럼 깍지 낀 두 손을 모으고 고개를 숙이고 있다.

똑똑……

"네!"

그때 밖에서 누군가 조용히 문을 두드리자 수현은 자기가 들어도 놀랄 만큼 큰 소리로 대답하며 벌떡 일어섰다.

"실례합니다."

스르르—

여자 목소리와 함께 미닫이문이 열렸다.

그런데 바짝 긴장해 있던 수현은 방에 들어선 산뜻한 투피스 차림의 여자를 보고 어리둥절한 얼굴로 눈을 깜빡거렸다.

"미소 씨?"

들어선 윤미소는 밝게 웃으며 수현에게 고개를 숙였다.

"안녕하세요, 고모님."

"미소 씨가 여긴 어떻게……."

"최성락 씨는 저희 쪽 대리인이었어요."

최성락은 지금까지 수현과 호텔 신축, 개업에 관해서 줄곧 대화를 나누었던 투자자의 대리인이었다.

수현은 망치로 뒤통수를 호되게 얻어맞은 듯한 충격을 받았다. 윤미소가 누구의 비서인지 알기 때문이다.

"설마……."

윤미소는 열려 있는 문 밖에 대고 조용히 말했다.

"들어오세요, 투자자 양반."

슥—

문이 조금 더 열리고 나서 방 안으로 들어선 사람은 수현이 짐작한 대로 태수다.

"너… 태수……."

물 빠진 청바지에 타라스포츠 파카를 입은 태수는 수현에게 꾸벅 고개를 숙였다.

"고모님, 놀라셨죠?"

"너……."

그런데 이번에는 태수가 문 밖을 향해 말했다.

"들어오십시오."

수현이 놀라고 있는 사이에 조영기와 박형준이 차례로 방

안에 들어왔다.

"선생님, 형준 씨."

수현은 더욱 놀라서 어쩔 줄 모르고 있으며, 들어선 사람들은 어색한 표정으로 모두들 서 있는데 연륜 있는 조영기가 조정을 하고 나섰다.

"자… 자, 모두 앉지."

앉다 보니까 수현은 혼자, 그리고 맞은편에 태수와 윤미소, 조영기, 박형준이 옹기종기 모여 앉은 모양새가 되었다.

"수현아, 놀랐지? 나도 오늘에서야 호텔에 대해서 태수에게 얘기 듣고 많이 놀랐었다."

"선생님……."

"우선 내 얘기부터 들어봐라."

조영기는 수현의 항의를 묵살하고 말을 이었다.

"내가 일전에 술자리에서 지나가는 말로 수현이 네가 미월드 부지에 호텔을 짓는 일에 매력을 느끼고 투자자를 찾는다는 얘길 태수에게 한 적이 있었다."

수현은 조영기 아파트에서 신세를 지다 보니까 옆 푸르지오에 사는 박형준과 자주 만나게 되고, 그러다 보니까 노총각 노처녀가 살짝쿵 정분이 나서 목하 요즘 진지하게 사귀고 있는 중이다.

그러나 박형준은 분위기가 심상치 않아서 수현 옆에 앉지 못하고 눈치만 살피고 있다.

"나는 태수더러 뭘 어떻게 하라고 그 얘길 한 게 아니었다. 또한 태수에겐 그럴 만한 능력이 없다고 생각했고, 그냥 태수가 수현이 네가 부산에 오래 머물고 있으니까 무슨 일이냐고 묻기에 대답해 준 것뿐이었다."

조영기는 태수를 쳐다보며 턱을 치켜들었다.

"그다음에는 네가 얘기해라."

"저는 큰형님께 그 얘기를 들은 후에 미소에게 호텔 신축에 대해서 자세히 알아보라고 지시했습니다."

이번에는 윤미소가 말을 받았다.

"저는 전문가들을 동원해서 미월드 부지에 호텔을 신축할 경우를 가정하여 타당성 조사를 면밀하게 해봤어요. 그랬더니 무궁화 5개 이상의 최고급 대형 호텔을 짓는다면 좋은 수익이 날 거라는 결과가 나왔어요. 그래서 그걸 태수에게 그대로 보고했어요."

태수가 고개를 끄떡였다.

"그래서 제가 투자자가 되기로 마음먹은 겁니다. 수익이 나지 않는다면 당연히 투자 같은 건 하지 않겠지요."

태수는 자못 냉정한 표정을 지었다.

수현은 조영기와 태수, 윤미소의 설명을 차분하게 듣고는 놀라움이 많이 가라앉았다.

그러나 그녀는 씁쓸한 표정을 지으며 고개를 가로저었다. 태수가 적합한 투자자가 아니라는 생각에서다.

문제는 돈이다. 호텔을 신축하고 그걸 개업하기까지 막대한 자금이 들어가는데, 그만한 돈이 태수에게 없을 것이라고 생각하고 있기 때문이다.

"태수야, 네 마음은 고마운데 이 호텔 사업이라는 게 한두 푼 들어가는 게 아니거든?"

"얼마나 드는데요?"

수현은 윤미소에게 약간 따지듯이 말했다.

"태수한테 서류 안 보여줬어요? 거기에 호텔 신축과 준공 후 개업에 필요한 초기 비용에 대한 액수가 자세히 적혀 있잖아요? 그리고 그건 나하고 태수의 대리인이라는 사람이 몇 달에 걸쳐서 머리를 맞대고 상의한 결과고요."

"보여줬어요."

수현은 태수를 보면서 정색했다.

"태수야, 네가 마라톤에서 우승하고 타라스포츠하고 계약을 해서 수십억 원쯤 재산을 불린 모양인데 그 정도 푼돈으로는 호텔 사업을……."

"잠깐만요, 고모님."

태수는 수현의 말을 막았다.

"사실 저도 제 개인 재산이 얼마나 되는지 모르거든요."

윤미소가 수첩을 꺼내서 뒤적이고 휴대폰 계산기를 두드리면서 말했다.

"예전에는 태수가 매일 5억 원 정도 수입이었는데 WMM 우승이 확정된 이후부터 7억 원으로 올랐고, 도쿄마라톤대회에서 신기록을 경신한 이후에는 10억… 그리고 지금은… 에또, 계산이 복잡하네요."

윤미소는 계산을 끝내고 수현을 똑바로 쳐다보았다.

"어쨌든 지금 현재 태수 재산은 2,300억 원이에요."

"……."

수현의 입이 딱 벌어졌다. 수현뿐만 아니다. 조영기와 박형준도 설마 태수 재산이 그 정도일 줄은 꿈에도 몰랐다.

윤미소가 한술 더 떴다.

"현금만 그래요. 주식에 투자한 거랑 펀드, 채권, 그리고 타라스포츠가 상장될 경우의 스톡옵션까지 합하면……."

윤미소는 씁쓸하게 웃으며 고개를 가로저었다.

"죄송해요. 지금 당장 계산이 어렵겠어요. 필요하시면 나중에 자료를 보내 드릴게요."

수현은 아연실색한 얼굴로 한동안 있더니 갑자기 한숨을 푹 쉬면서 주먹으로 식탁을 내리쳤다.

탕!

"휴우… 망할 놈의 영감탱이!"

"나 말이냐?"

조영기가 떨떠름하게 묻자 수현이 발끈했다.

"누가 선생님이래요? 우리 오빠 혜원이 아버지 말이에요!"

"혜원 아버지가 왜?"

"태수 같은 억만장자 사위를 받아들이지는 못할망정 괴롭히고 있으니까 정말 억장이 무너져요!"

태수는 윤미소가 건네준 서류를 뒤적이다가 수현을 쳐다보며 진지한 표정을 지었다.

"고모님 RP에서 제시한 요구 조건 중에서 두 가지를 받아들이지 못하겠습니다."

태수가 사무적으로 나오는 것 같아서 수현은 오히려 마음이 편해졌다.

"역시 직책하고 연봉이야?"

"그렇습니다."

수현은 고개를 끄떡였다.

"그건 양보할 수 있어. 직책은 꼭 상무나 전무가 아니어도 괜찮고 연봉 5억도 조정할 수 있어."

태수는 비로소 미소를 지었다.

"감사합니다."

슥―

"이건 새로 작성한 계약서 초안이에요."

윤미소가 서류 두 개를 내밀었다.

수현은 서류를 찬찬이 읽어보다가 어느 순간 갑자기 나지막한 비명을 터뜨렸다.

"앗!"

서류 한 장에는 호텔에 관한 전권을 수현에게 일임하며 그녀의 직책을 전문 경영인, 즉 CEO로 정하고, 기본 연봉은 10억으로 한다고 적혔으며, 또 다른 서류는 수익분배계약서다. 말하자면 장차 호텔에서 수익이 발생하면 수현에게 이익의 얼마를 분배해 주겠다는 내용이다.

수현은 서류를 쥔 손을 바들바들 떨면서 한참 동안 고개를 숙이고 있다가 말했다.

"태수 너 내 옆으로 와라."

"네? 네."

태수는 깜짝 놀라서 엉거주춤 수현 옆에 앉았다.

수현은 눈물콧물이 범벅된 얼굴을 들어 태수를 바라보다가 와락 그를 끌어안으며 울음을 터뜨렸다.

"흐엉… 태수야 고마워……."

태수하고 한 달 동안 같이 지낸 혜원이 영양 집으로 가기 위해서 차에 탔다.

태수가 자신의 차 벤틀리 플라잉스퍼를 빌려주었고, 박형준이 운전을 하고 조수석에는 수현이, 뒷자리에는 혜원과 조영기가 탔다.

혜원의 아버지 남용권은 조영기의 대학 후배이며 조영기가 안동시장을 하던 시절에 전폭적으로 지원을 해서 남용권을 영양군수로 만들었었다.

지금도 남용권에게 누굴 제일 존경하느냐고 물으면 길게 생각하지도 않고 조영기라고 말할 정도다.

혜원은 태수가 너무 보고 싶은 나머지 뒷일은 생각하지도 않고 태수를 찾아왔다가 한 달 동안 태수와 함께 꿈같은 나날을 보냈다.

하지만 태수로서는 언제까지 이런 식으로 있을 수는 없는 일이라서 이참에 혜원 아버지를 만나 담판을 내려는 마음을 굳혔다.

그러나 보스턴마라톤대회가 코앞이라서 시간을 낼 수 없는 상황이고, 태수가 전면에 나서면 오히려 남용권 씨의 감정을 격하게 만들 뿐이라는 조영기의 충고를 받아들여서 이대로 보스턴으로 떠나기로 했다.

그 대신 남용권이 가장 존경한다는 조영기가 혜원과 함께 영양으로 가서 남용권을 만나 적극적으로 설득하고 중재에 나서기로 했다.

수현은 만약 이번에 오빠하고 얘기가 잘 풀리지 않으면 오빠하고 남매의 관계를 끊고 또 혜원에게도 부녀의 연을 끊으라고 할 각오를 품고 있다.

조영기는 옆자리의 혜원이 차 밖에 서 있는 태수의 손을 잡은 채 놓지 않는 걸 보고는 안 되겠다 싶어서 운전석의 박형준에게 명령했다.

"형준아, 출발해라."

"네, 형님."

혜원은 안타까운 얼굴로 태수의 손을 꼭 붙잡고 눈물을 흘렸다.

"오빠, 건강해야 해."

"워나, 우린 곧 만날 수 있을 거다."

부웅—

밴틀리가 출발하자 두 사람은 손을 놓을 수밖에 없었다.

T&L스카이타워 현관 앞에 서 있는 태수와 민영, 윤미소는 밴틀리가 멀어지는 것을 묵묵히 바라보았다.

혜원이 영양으로 떠난 날 오후에 태수군단은 인천공항에서 보스턴으로 향하는 비행기에 올랐다.

태수군단 5명과 민영, 심윤복 감독, 나순덕, 윤미소, 고승연은 퍼스트클래스 일등석에 탔으며 비행기가 이륙하자마자 모두 잠이 들었다.

첫 번째 기내식을 먹은 후에 태수는 노트북을 켜고 보스턴마라톤대회에 대한 자료를 띄웠다.

보스턴마라톤대회에 대해서는 거의 모든 자료를 이미 여러 번 읽으며 숙지를 했으나 마음을 가다듬는 의미에서 다시 한번 읽어보려는 것이다.

보스턴마라톤대회는 미국 메사추세츠주의 보스턴에서 매년 4월 셋째 주 월요일 '애국자의 날'에 열리는 오랜 전통을 자랑하는 세계적인 마라톤대회다.

1896년에 처음 시작된 그리스 아테네 근대올림픽을 기념하고자 다음해 1897년 첫 대회가 개최되었다.

이후 회를 거듭할수록 참가자 수가 너무 많아져서 1997년 제101회 대회부터 국제마라톤대회로는 유일하게 참가자의 자격, 즉 보스턴마라톤대회 직전 2년 사이에 공인대회에서 완주한 18세 이상 45세 이하 3시간 이내의 풀코스 완주 기록 보유자만이 참가할 수 있도록, 그리고 참가 인원을 15,000명으로 제한했다.

여러 자료를 읽어 내려가던 태수는 문득 어느 한 문장에서 시선이 멈추었다.

대한민국은 보스턴마라톤대회와 인연이 깊다. 1947년 제51회 보스턴마라톤대회에 서윤복이 24세의 젊은 나이로 참가하여 2시간 25분 39초라는 세계신기록을 세우면서 우승을 차지했다.

1950년 제54회 때는 함기용, 송길윤, 최윤칠이 보스턴마라톤대회 1~3위를 휩쓸어 신생 국가 대한민국의 위상을 만방에 떨쳤었다.

이후 2001년 제 105회 보스턴마라톤대회에 참가한 이봉주 선수가 2시간 9분 43초로 우승, 케냐의 11연패를 저지하기도 했다.

그로써 대한민국 선수가 보스턴마라톤대회에서 딴 금메달은 3개가 되었다.

그 기사를 읽고 태수는 가슴이 뜨거워졌다. 그리고 이번에는 반드시 자신이 우승하여 4번째 금메달의 주인이 돼야겠다고 다짐했다.

그런데 사실 태수의 현재 컨디션은 그다지 좋지 않은 편이다. 혜원의 뜻하지 않은 방문으로 그녀와 함께 보름 동안 오키나와까지 다녀오는 요트 세일링을 했던 것이 몸에 무리를 주었기 때문이다.

요트 생활을 하면서 아무리 잘 쉬고 잘 먹는다고 해봐야 타라스포츠에서 닥터와 영양사의 철저한 관리를 받는 것하고는 비교할 수가 없을 것이다.

심윤복 감독이나 민영은 태수가 혜원과 보름 동안 요트 세일링을 다녀오면 몸이 많이 축날 거라는 사실을 불을 보듯이 뻔히 알고 있지만 태수를 말릴 수는 없었다.

태수와 혜원이 어떤 사이라는 걸 너무도 잘 알고 있으며, 또 태수가 이룬 엄청난 업적에 비하면 요트 세일링쯤은 아무것도 아니기 때문이었다.

요트로 오키나와에 다녀온 이후에 태수는 코치진의 스케줄에 따라서 훈련과 테이퍼링을 했지만 그 기간은 길어야 보름도 되지 않았다.

태수 스스로 컨디션이 좋지 않다고 느낄 정도면 실전에서는 더 심각한 위기로 작용할지도 모르는 일이다.

"어쨌든……."

태수는 주먹을 움켜쥐었다. 세계6대메이저마라톤대회를 모두 석권하는 사상 초유의 대위업을 이루기 위해서는 이제 보스턴마라톤대회와 런던마라톤대회 두 개가 남았다.

보스턴마라톤대회는 4월 18일에 개최하고 런던마라톤대회는 같은 달인 4월 24일에 열린다. 그러니까 보스턴마라톤대회에서 뛰고 곧장 영국 런던으로 날아가서 6일 만에 런던마라톤대회를 달려야 한다.

마라톤 풀코스를 전력으로 달리고 나면 최소한 한 달은 휴

식을 취해야지만 컨디션이 회복되어 다시 마라톤 풀코스를
뛸 수 있다는 게 정설이다.

그런데 태수는 동마를 뛰고 나서 제대로 휴식을 취하지 못
한 상황에 보스턴마라톤대회를 뛰어야 하고, 그리고 6일 후에
런던마라톤대회를 달려야 하는 말도 안 되는 강행군을 시도
하고 있다.

태수가 탄 비행기는 오랜 비행 끝에 디트로이트를 경유하여
보스턴에 도착했다.

태수는 6개 중에서 마침내 5번째 전투를 벌일 전선에 발을
들여놓았다.

＊　　　　＊　　　　＊

4월 16일 아침 7시. 태수군단은 아침 식사 전에 보스턴 찰
스 강변을 조깅하는 것으로 일과를 시작했다.

탁탁탁탁탁—

태수와 티루네시, 신나라, 마레, 손주열은 일렬로 잘 다듬어
진 강변을 달리고, 태수 왼쪽에서 MTB를 탄 고승연이 태수에
게서 시선을 떼지 않고 있다.

지난번 서울국제동아마라톤대회, 즉 동마에서는 태수를 비

롯하여 태수군단 모두 좋은 기록을 올렸었다.

티루네시는 여자 마라톤 역사상 폴라 래드클리프 외에는 아무도 밟아보지 못했던 2시간 16분대의 기록을 세웠으며, 신나라와 마레 역시 자신들의 기록을 깨고 2시간 17분대를 기록했다.

손주열은 도쿄마라톤대회에서 2시간 6분 55초를 기록했으며, 동마에서는 2시간 6분 33초로 16위를 하며 두 대회 연속으로 2시간 6분대의 기록을 세웠다.

만약 태수가 없었다면 손주열의 2시간 6분 33초는 대한민국 신기록을 세웠을 테고 그가 영웅 대접을 받았을 것이다.

하지만 태수가 없었다면 오늘날의 손주열도 없었을 테니까 그는 2인자의 자리를 서러워할 입장이 아니다.

손주열은 이번 보스턴마라톤대회에서의 목표로 2시간 6분대를 굳히는 것으로 정했다.

보스턴마라톤대회는 난코스이기 때문에 2시간 6분대를 유지하는 것이 만만치 않을 터이다.

태수군단 모두 기대했던 것 이상의 성적을 올렸으나 티루네시는 동마 이후 우울한 기분에 빠져 있다.

그녀가 그토록 미워하는 쇼부코바에게 겨우 3초 차이로 우승을 뺏겼기, 아니, 강탈당했기 때문이다.

티루네시는 4초만 빨랐어도 쇼부코바를 1초 차이로 이길 수 있었을 텐데, 어째서 죽을힘을 내지 않았던 것인지 자신을 꾸짖고 또 꾸짖었다.

하지만 그녀는 동마 당시 최선을 다했으며 자신의 능력 이상을 발휘했었다.

만약 다른 사람이 우승을 했다면 티루네시의 기분이 지금처럼 나쁘지는 않을 것이다.

그런데 이번 보스턴마라톤대회에 쇼부코바가 또 참가했다는 말을 들었다.

티루네시로서는 쇼부코바가 예전의 존경하는 선수에서 지금은 강력한 라이벌, 아니, 증오의 대상으로 변했다.

태수가 봤을 때 티루네시는 동마에서 매우 잘 뛰었다. 그녀는 작전에 충실했으며 기대했던 것 이상의 성적을 냈다. 다만 그녀보다 쇼부코바가 조금 더 잘 뛰었거나 운이 좋았을 뿐이다.

서울국제동아마라톤대회 여자 우승자 쇼부코바와 티루네시의 기록이 3초 차이라는 것은 두 사람의 실력이 우열을 가리기 어렵다는 것을 나타내고 있다.

타타탁탁탁탁—

조깅이 끝나갈 무렵, 태수는 속도를 늦추어 두 번째로 달리고 있는 티루네시와 나란히 달렸다.

"티루네시."

티루네시는 동마 이후 우울증에 걸린 것처럼 힘이 없지만 태수 앞에서는 명랑하려고 애썼다. 태수로서는 그 모습을 보는 게 더 안쓰러웠다.

"왜 태수?"

티루네시는 환하게 미소 지으며 태수를 바라보았다.

태수는 동마 이후에 태수군단하고 술 한잔도 할 시간이 없었다는 사실을 지금 문득 깨달았다.

혜원하고 근 한 달 동안 그림자처럼 붙어서 지내다 보니까 태수군단하고는 얼굴 마주칠 일도 없었다. 이제 생각하면 무척 미안한 일이다.

"아침 식사하고 나서 작전 좀 짜자."

"오케이!"

티루네시는 눈을 빛냈다. 그녀는 진지한 태수가 뭔가 기발한 작전이 떠올랐다고 생각했다.

티루네시는 심윤복 감독보다 태수를 더 신뢰하고 있다. 애초에 티루네시가 아디다스와의 계약이 종료되었을 때 타라스포츠와 계약을 하고 싶었던 것도 그곳에 태수라는 믿음직스러운 존재가 있었기 때문이다.

그래서 할아버지가 한국전쟁 당시 헤어졌던 송은하라는 전쟁고아를 찾게 해달라는 일이나, 티루네시 자신과 마레가 대한민국으로 귀화하는 문제도 제일 먼저 태수와 상의를 했었으며, 이후 태수가 전력으로 지원을 해준 덕분에 할아버지는 송은하를 만날 수 있었고, 또한 두 사람은 이번 달 안에 대한민국으로 귀화 승인이 나올 예정이다.

티루네시와 마레는 대한민국으로의 귀화가 승인된 이후에 가족들을 모두 대한민국으로 데려올 계획이고 그것도 태수하고 상의를 했으며, 태수가 타라스포츠에 건의해 전폭적으로 지원을 해주겠다는 약속을 받아냈었다.

이쯤 되면 태수는 그냥 마라톤 동료가 아니라 티루네시와 마레의 가족 이상의 각별한 사람인 것이다.

"태수."

티루네시는 진지한 표정을 지었다.

"이번에는 태수가 대회 전날까지 마지막으로 입었던 팬티 나한테 줘. 그게 제일 효과가 좋대. 그걸 항상 나라가 입는 것은 불공평해."

동마 때 티루네시와 마레는 신나라의 '태수팬티부적효과'라는 말도 안 되는 맹신주의를 철석같이 믿고 태수의 빨지 않은 팬티를 빨래 바구니에서 뒤져서 나누어 입고 뛰었다.

그런데 그 결과 세 여자 다 기대 이상의 결과를 얻었기 때문에 신나라의 '태수팬티부적효과'는 하늘 높은 줄 모르고 주가가 오르고 있는 중이다.

"티루네시, 그건 미신이라고 내가 얼마나……."

"나 줄 거지?"

"티루네시."

태수가 어이없는 표정을 짓자 티루네시는 생긋 미소 지었다.

"오늘밤에 태수가 내 버진 가져가면 이번 대회 우승은 확실한데 말이야."

"티루네시 정말……."

"아하하하하!"

태수는 속도를 내서 달려가고 뒤에서 티루네시가 즐겁게 웃음을 터뜨렸다.

아침 식사 후에 호텔 태수 방에 티루네시와 신나라, 마레, 손주열, 윤미소, 그리고 심윤복 감독이 모였다.

민영은 타라스포츠가 보스턴마라톤대회 스폰서가 된 덕분에 정신없이 바쁘게 돌아다니고 있다.

작년 결산에서 타라스포츠는 매출과 명성에서 급성장했으며, 올해 들어서는 아식스와 미즈노, 푸마, 리복 등을 누르고 각종 세계대회의 스폰서를 따내는 파워를 과시하고 있다. 그게 다 태수 덕분이라는 사실을 모르는 사람은 없다.

"보스턴마라톤대회 코스의 특징이 뭔지 알아?"

태수가 차를 마시면서 모두에게 물었다.

"비공인 코스잖아."

손주열이 대답했다.

그의 말마따나 세계에서 가장 전통 있는 보스턴마라톤대회의 코스는 IAAF가 인정하지 않는 비공인 코스다.

그러니까 이곳에서 세계신기록이 나온다고 해도 비공인 세계신기록이 되는 것이다.

일례로 2011년 보스턴마라톤대회에서 제프리 무타이가 그 당시 세계신기록인 2시간 3분 2초로 우승을 했었지만 비공인 코스라서 인정을 받지 못했었다.

그래서 그 당시 세계신기록이었던 하일레 게브르셀라시에가 2008년 베를린마라톤대회에서 수립한 2시간 3분 59초가 계속 유지됐었다.

보스턴의 코스가 공인 코스로 인정받지 못하는 것은 IAAF의 엄격한 규정 때문이다.

IAAF가 2004년 9월부터 적용한 규정에 따르면, 출발선과 결승선 사이의 거리가 풀코스의 절반인 21㎞ 이상 떨어져 있어서는 안 된다. 또한 출발지와 도착지의 표고 차가 46m를 넘어서도 안 된다.

그러니까 한 지점에서 출발하여 직선으로 42.195㎞를 쭉 달려서 다른 지점에 골인을 하는 것이나, 표고 차가 무려 146m나 되는 보스턴마라톤대회의 코스에서 나온 기록은 인정하지 않겠다는 것이다.

IAAF는 순환코스를 선호한다. 그 이유는 출발선과 결승선이 다른 코스를 달릴 경우 도로 경사에 따라서 선수들이 뒷바람의 도움을 받을 가능성이 크기 때문이다.

무타이가 비공인 세계신기록을 냈던 2011년 보스턴마라톤대회가 열린 날에는 초속 6~8m의 강풍이 불어서 기록 단축의 중요한 요인이 됐었다.

무타이는 그 전해인 2010년 로테르담마라톤대회에서 자신의 최고기록 2시간 4분 55초를 세웠었는데 보스턴마라톤대회에서는 강풍을 뒷바람으로 받은 덕분에 최고기록을 1분 53초나 앞당겼다는 것이다.

손주열의 대답에 태수는 고개를 끄떡였지만 다른 말을 했다.

"보스턴 코스는 내리막이 많아."

"그렇지만 오르막도 만만치 않아."

손주열이 고개를 절레절레 저었다.

태수는 테이블에 놓여 있는 자료를 집어 들었다.

"내리막이 있으면 오르막도 있는 게 당연해. 보스턴 코스 전체가 내리막 오르막의 연속이라고 보면 돼. 그런데 보스턴은 전체적으로 내리막이야. 자료를 보면 말이야, 출발지는 표고가 149.4m이고 도착지는 불과 3.0m야. 146.4m의 엄청난 표고 차야."

티루네시와 신나라 등은 태수를 뚫어지게 주시했다.

"코스 전체로 봤을 때 내리막은 48%에 급경사가 많고, 오르막은 24%인 반면에 그리 높지 않아. 나머지가 평지라고 생각하면 돼."

태수는 자료의 도표를 테이블에 놓고 손가락으로 하나의 오르막과 그다음의 내리막을 연이어 가리켰다.

"대부분 선수는 오르막을 힘겹게 올랐다가 내리막에서는 휴식을 취하는 방법을 반복하고 있어."

손주열이 궁금한 얼굴로 물었다.

"그럼 우린 어떻게 하자는 건데?"

태수는 고개를 들고 짧게 말했다.

"우리 작전은 이븐 페이스야."

"말도 안 돼."

손주열이 즉각 항의했다.

전담 한국어 선생을 두고 교육을 받고 있어서 이제 조금쯤 한국어를 할 줄 알게 된 티루네시와 마레는 윤미소의 통역을 다 듣기도 전에 어이없는 표정을 지었다. 그러나 티루네시는 가만히 있고 마레가 고개를 절레절레 저었다.

"옵파, 오르막과 내리막을 똑같이 이븐 페이스로 달리는 건 불가능해요."

마레는 '옵파'는 한국어로, 그다음 말은 영어로 했다.

태수는 미소를 지으며 설명했다.

"내 말은 오르막과 내리막을 다른 속도로 달리면서 이븐 페이스로 가라는 거야. 예를 들면 내리막은 ㎞당 2분 55초, 오르막은 3분 10초, 평지는 3분 5초로 뛰는 거지."

"아……."

여기저기에서 나지막한 탄성이 터져 나왔고, 태수는 설명을 계속했다.

"보스턴 코스의 오르막과 내리막은 각각 경사도가 다르지만 되도록 이븐 페이스를 지키라는 거야."

듣고 있던 심윤복 감독이 고개를 끄떡였다.

"그러면 평균 속도 ㎞당 3분 2.5㎞로 갈 수 있다. 그 속도로만 계속 가면 2시간 9~10분에 골인할 수 있지만, 사람이 기계가 아닌 이상 오르막과 내리막 전체를 정확하게 이븐 페이스에 맞춰서 갈 수는 없다."

태수가 고개를 끄떡였다.

"그렇죠. 그리고 후반의 페이스다운을 감안해서 5분 정도 까먹는다고 해도 계산상으로는 2시간 15~17분대에는 골인할 수 있어요."

"보스턴마라톤대회 여자 대회신기록은 케냐의 캐롤라인 키렐이 세운 2시간 22분 36초야. 여자 선수는 한 번도 20분의 벽을 넘지 못했지."

"남자는요?"

손주열이 물었다.

"남자들은 다르다. 무타이가 2011년에 세운 비공인 세계신기록 2시간 3분 2초가 대회신기록이다. 그 뒤로는 케냐의 모세스 모숍의 2시간 3분 6초가 있지. 그 뒤로는 4분대와 6, 7분대다."

손주열이 고개를 끄떡였다.

"2시간 3분대는 딱 두 명이로군요."

"그만큼 보스턴이 난코스라는 거다."

심윤복 감독은 손주열을 쳐다보았다.

"주열이 네가 이번에 2시간 6분대에 골인하면 입상권에 들지도 모른다."

"그렇겠군요."

심윤복 감독은 모두에게 말했다.

"태수 작전이 좋은 거 같다. 모두들 내가 짜준 작전은 지금 이 순간 잊도록 해라."

과연 심윤복 감독은 대인이다. 보통 감독들 같으면 자존심이 크게 상했을 텐데, 아무리 제자라고 해도 냉철하게 판단하여 더 좋은 작전을 선택하는 것은 아무나 할 수 없는 일이다.

태수는 심윤복 감독을 보며 감사의 눈길을 보내고는 모두를 둘러보며 가볍게 손뼉을 쳤다.

짝짝짝—

"자, 지금부터 보스턴 전 코스의 오르막과 내리막을 분석해 보자."

제41장
소리 없는 전쟁

작전회의가 끝난 후에 휴식을 취하러 자기 방으로 가는 태수를 윤미소가 따라왔다.

"할 얘기가 있어."

태수와 윤미소는 소파에 마주 앉고 고승연은 실내의 이상 유무를 점검하고 있다.

태수를 바라보는 윤미소의 표정이 긴장으로 굳었다.

"나이키에서 콘택트가 왔어."

"무슨?"

"태수 널 나이키로 영입하고 싶대."

"난 타라하고 계약 상태잖아?"

"나이키에서 위약금 물어준대."

태수는 피식 실소를 흘렸다.

"더 들을 것도 없다."

"5천억이야."

"……."

일어서려던 태수는 뜨악한 표정을 지었다.

윤미소는 진지한 표정으로 태수를 쳐다보며 설명했다.

"3년 계약금만 5천억이고, 나이키 광고모델과 지금 타라스 포츠에서 사용하고 있는 네 닉네임하고 이름 상표를 나이키에서 쓰게 해주는 조건으로 매출의 1.5%를 준다는 거야. 그밖에 여러 좋은 조건이 있지만 이 두 개가 가장 커."

"승연아, 물 좀 줘."

그런데 태수는 별로 관심이 없는 듯 고승연에게 물을 달라고 했다.

"태수야, 내 말 잘 들어봐. 나이키하고 타라하고 매출 자체가 달라. 타라스포츠가 좁쌀 구르는 거라면 나이키는 호박이야. 그런 나이키에서 매출의 1.5%를 준다고 하면 하루에 몇십억, 아니, 몇백 억이야."

"미소야."

"이게 현실이 되면 올해 안에 네 재산이 1조가 넘을 거야.

그리고 2조, 3조 되는 건 우스워. 그야말로 스포츠선수 사상 최초의 대재벌이 된다구."

태수는 고승연이 주는 물컵을 받으며 조용히 말했다.

"너 연봉이 적어서 그러는 거니?"

"태수야."

"연봉 올려줄게."

윤미소는 답답한 표정을 지었으나 태수는 더욱 태평한 표정을 지으며 오히려 그녀를 타일렀다.

"너 생각해 봐라. 내가 나이키하고 계약하면 타라스포츠는 어떻게 될 것 같으냐?"

"그야……."

"오늘날의 나를 존재하게 만들어준 사람이 민영이야. 그러니까 난 죽으나 사나 타라스포츠 사람이다. 다시는 이런 얘기 꺼내지 마라."

태수가 물을 마시고 나서 일어나 문으로 걸어가자 윤미소는 그의 뒤통수를 노려보았다.

"저 고집불통. 저 좋으라고 이러는 건데."

"하하하! 내가 요즘 느끼는 건데 욕심을 멈추면 행복해지는 것 같더라. 그게 돈이든 뭐든 말이야."

"흥! 공자님 말씀이겠지."

척!

태수는 문을 열고 복도로 나가려다가 문 옆에 민영이 벽을 등진 채 서서 눈물을 흘리며 자신을 바라보고 있는 걸 발견하고 깜짝 놀랐다.

"민영아."

민영은 울면서 하소연했다.

"정말 죽고 싶어."

태수는 더럭 걱정하는 표정을 지었다.

"왜? 무슨 일 있냐?"

민영은 태수를 바라보면서 울먹였다.

"이렇게 좋은 남자를 내 사람으로 만들지 못한다는 생각을 하면 차라리 죽고 싶다고… 흑!"

2016년 4월 18일.

세계에서 가장 오랜 전통의 보스턴마라톤대회가 개최되었다.

동마에 비할 바는 아니지만 동마의 80%에 달하는 세계 최정상급, 그리고 정상급 선수들이 보스턴마라톤대회에 출사표를 던졌다.

마라톤 풀코스가 스타트하는 오전 10시. 그보다 한 시간 전인 9시에 월드마라톤메이저스, 즉 WMM 우승자에 대한 시상식이 열렸다.

시상대에 올라간 태수는 수많은 사람의 박수와 열렬한 환호 속에서 금메달과 상금 100만 달러 수표를 받았다.

태수는 소감을 묻는 사회자의 요구에 천천히 사람들을 한 차례 둘러보고 나서 나직한 목소리, 완벽한 영어 발음으로 또렷하게 말했다.

"이 상금을 2013년 보스턴마라톤 폭탄테러사건의 희생자들에게 바치겠습니다."

태수의 전혀 뜻하지 않은 발언에 단상의 사회자나 귀빈들. 그리고 모여 있는 수만 명의 참가자, 가족들은 잠시 놀란 표정을 지을 뿐 한동안 조용한 적막이 흘렀다.

그러다가 갑자기 천둥 같은 함성과 박수가 터져 나왔다.

와아아아―

윈드 마스터! 윈드 마스터!

태수는 보스턴시장에게 수표를 내밀며 부드러운 미소를 지었다.

"Strong Boston."

와와아아아―

"Strong Boston!!!"

함성이 더욱 커다랗게 터졌다.

타앙!

전자총 소리가 울려 퍼지자 남녀엘리트 선수들이 출발지인 홉킹턴을 일제히 뛰쳐나갔다.

다다다다다다—

"와아아아—!"

태수는 무리에 휩쓸려 넘어지지 않으려고 주의하면서 힘차게 달려 나갔다.

동마 때 35㎞ 이후 러너스하이와 마의 벽을 연달아 겪으면서 말로는 표현하기 어려운 극심한 고통 속에서 그는 다시는 마라톤을 하지 않겠다고, 다시 뛰면 내가 성을 갈겠다고 무수히 속으로 외쳤는데 지금 또다시 보스턴마라톤대회를 달리기 시작했다.

타타타타탁탁탁탁—

차차차착착착착—

수십 명의 선수가 태수를 뒤에 남겨두고 앞으로 쏟아져 달려 나갔다.

현재 태수는 몸이 무겁고 찌뿌듯한 상태다. 동마 때 100%의 컨디션이었다면 지금은 70% 수준이다.

세계6대메이저마라톤대회 전체 석권 그랜드슬램을 달성하겠다고 왔지만, 솔직한 심정을 말한다면 지금으로선 그다지 자신이 없다.

태수가 달리면서 좌우를 둘러보니까 그가 모르는 선수들이 앞질러 나갔으며, 태수와 여러 차례 대회를 해봐서 그를 잘 알고 있는 선수들은 튀어나가지 않고 태수 주위에 무리를 지어 소위 태수그룹을 형성하고 있다.

태수는 '오늘은 내가 컨디션이 좋지 않으니까 각자 작전대로 뛰어라'고 말하고 싶은 마음이다.

그렇다고 해도 태수로선 이 대회를 포기하고 싶지 않다. 이왕 참가했으니 최선을 다해서 달릴 각오다. 아니, 이왕이면이 아니라 무조건 우승해야만 한다.

대충 뛰겠다는 것이 아니라 우승을 위해서 면밀하게 조사와 계산을 충분히 했다.

보스턴마라톤대회의 최강자인 무타이가 2010년 로테르담마라톤대회에서 자신의 최고기록인 2시간 4분 55초를 세우고, 다음해인 2011년에 보스턴에서 강한 뒷바람의 도움으로 1분 53초를 앞당겨 2시간 3분 2초의 대회신기록을 세웠다면, 그 당시의 그의 진짜 실력은 2시간 4분 20초 정도로 보는 것이 옳다.

그렇지만 무타이의 실력은 그동안 발전을 거듭했으며, 지난 일 년 동안의 성적을 평균으로 내면 2시간 3분 55초라는 계산이 나온다.

2011년의 2시간 4분 20초보다 25초 빨라졌음을 알 수 있다. 거기에 보스턴의 뒷바람의 도움으로 1분 53초 빨리 뛴다면 이번에는 2시간 2분 2초에 골인할 거라는 예상이 가능해진다.

문제는 바람이다. 오늘도 육지에서 대서양 쪽으로 서풍이 강하게 불고 있으며 그것은 곧 달리는 선수들의 등을 밀어준다는 뜻이다.

일기예보에서는 오늘 오전의 서풍은 초속 5~7m라고 했다. 2011년 초속 6~8m의 강풍에 비해 1m 약한 정도이며 풀코스 전체로는 약 15초의 마이너스가 될 거라고 전문가들은 예상하고 있다.

그렇다면 이 대회에 참가한 세계 최정상급 선수 중에서 가장 먼저 골인하는 선수의 예상 기록은 2시간 2분 20~30초가 될 듯하다는 게 태수의 계산이다.

태수는 IAAF가 인정하지 않는 비공인 코스에서 세계기록을 욕심낼 생각은 추호도 없다.

그저 이 대회에서는 기록이야 어쨌든 상관하지 않고 무조건 우승만 하면 된다는 생각이다.

출발부터 내리막이 길게 이어지고 있다.

태수가 미리 코스를 답사해 보고 자료를 면밀하게 검토한 바에 의하면, 10㎞까지는 중간에 2개의 중간급 언덕과 3개의 작은 언덕이 있을 뿐 줄곧 내리막이다.

평지처럼 보이지만 완만한 내리막이다. 이런 지형에서는 저절로 가속도가 붙어서 속도가 한층 빨라진다.

타타타타타탁탁타탁—

그때 태수그룹에 속해 있던 무타이와 키메토가 갑자기 속도를 높여서 치고 나갔다.

그리고 그 뒤를 대여섯 명이 따르는데 킵상, 키프로티치, 키루이의 얼굴이 보였다.

무타이로서는 보스턴이 안방이나 다를 바 없으니까 여기서는 태수의 눈치를 살필 이유가 없는 것이다.

같이 달려 나간 키메토는 무타이와 친구니까 같이 행동하는 것이고, 킵상과 키프로티치, 키루이는 보스턴에서는 태수보다 무타이의 작전이 더 먹힐 거라고 판단한 것 같다.

태수그룹에 남아 있는 선수는 언제나 변함없는 베켈레와 케베데가 있고, 네게세, 데시사도 보였다. 데시사는 작년 2015년 보스턴마라톤대회 우승자였다.

그러고 보니까 치고 나간 건 케냐 선수들이고 태수 쪽에 남은 것은 에티오피아 선수들이 주축이다.

그렇다고 해서 태수로서 케냐 선수들이 얄밉고 에티오피아 선수들에게 일말의 친밀감 같은 것을 느끼는 건 아니다.

여긴 전쟁터다. 폭탄과 총탄이 날아다니지 않을 뿐이지, 최소한 백여 개 나라의 마라톤 군인들이 서로를 죽여야지만 최후의 일인으로 살아남을 수가 있다.

다시 말하지만 이건 소리 없는 전쟁이다.

2km에 도달했을 때 무타이가 이끄는 그룹은 4위고 태수그룹은 7위로 달리고 있다. 사실 2km에서의 순위라는 것은 아무런 의미가 없다.

더구나 스타트해서 2.5km까지는 줄곧 내리막길이고 스타트 초반이라서 힘이 넘친 선수들은 거칠 것 없이 달렸다.

태수는 이 대회에서의 작전을 티루네시 등과 손주열에게 말했던 그대로 실행할 생각이다.

내리막과 오르막, 그리고 평지를 달리는 각각 3개의 이븐 페이스로 전 코스를 달릴 거다.

긴 내리막에서는 km당 2분 30초. 그 이상의 속도라고 해도 상관이 없다.

짧은 내리막은 2분 40초, 평지는 2분 55초, 오르막은 3분이다. 치밀하게 계산을 했을 때 그렇게 달리면 2시간 2분 10초 안에 골인할 수 있다.

태수가 달릴 때 따라올 능력이 있는 사람은 따라올 것이고 아니면 떨어져 나갈 것이다.

스타트해서 2.5km를 달려오자 태수 전방에 최초의 오르막이 나타났다. 이스트메인스트리트다.

코스 답사를 해보고 자료를 봤을 때 이 고개는 오르막이 360m이고 그걸 넘으면 내리막이 730m다. 오르막보다 내리막이 두 배 이상 길다.

태수는 무타이그룹이 첫 번째 언덕 오르막을 달려 오르는 것을 보면서 속으로 외쳤다.

'좋아. 저기에서부터다!'

그는 슬쩍 뒤돌아보다가 2m 뒤에서 따라오고 있는 손주열하고 눈이 마주쳤다. 손주열은 그것만으로 태수의 뜻을 알아차리고 고개를 끄떡였다.

무타이그룹은 360m 길이의 언덕을 오르는 동안 4위에서 3위가 되었다.

태수가 3분 페이스로 약간 가파른 경사를 달려 올라가자 손주열과 베켈레, 케베데 등도 같은 속도로 따라왔다. 태수그룹은 다국적으로 모두 17명인데 그 오르막에서 한 명도 뒤처지지 않았다.

방금 전에 스타트를 했는데 이 정도 오르막에서 이 정도 속도에 뒤처진다면 세계챔피언하고 한 그룹에서 달릴 자격이 없는 것이다.

언덕 꼭대기에 이르렀을 때 태수그룹은 6위를 추월하기 시작했으며, 언덕을 넘고 내리막이 시작되자마자 태수는 질풍처럼 아래로 달려 내려갔다.

타타타타타타타타—

밥 먹듯이 경북 풍기읍 죽령재를 오르내리면서 강훈련을 한 덕분에 태수에게 오르막은 평지나 다름이 없고 내리막은 평지보다 최대 30%까지 빨리 질주할 수 있게 되었다.

태수가 느닷없이 내리막을 질주하자 좌우에서 달리던 베켈레와 케베데 등은 깜짝 놀랐다.

그들은 내리막이라서 km당 2분 45초의 빠른 속도로 달리는데 태수는 2분 30초는 될 것 같았다.

베켈레와 케베데 등이 어? 하고 놀라는데 갑자기 뒤에서 손주열이 그들을 추월하여 맹렬히 태수를 따라갔다.

놀란 베켈레와 케베데를 비롯한 15명은 속도를 높여 부리나케 태수와 손주열을 뒤쫓았다.

하지만 베켈레 등은 태수처럼 내리막강훈련을 집중적으로 하지 않았기에 제아무리 속도를 높인다고 해봤자 2분 40초 이상은 무리다.

반면에 태수군단은 툭하면 죽령재를 찾아가서 강훈련을 했기에 손주열은 물론이고 신나라, 티루네시, 마레까지 내리막길에서는 터보를 달았다.

베켈레 등은 내리막 중간에서 태수가 무타이그룹을 추월하는 광경을 뻔히 바라볼 수밖에 도리가 없었다.

타타타탁탁탁탁—

태수는 730m 내리막을 거의 내려올 즈음에 손주열과 단둘이 3위가 되었다.

태수와 손주열 25m 전방에 2위 그룹 4명이 한데 뭉쳐서, 그 앞쪽 15m에 선두그룹 3명이 2~3m의 거리를 두고 일렬로 달리고 있다.

현재 선두그룹과 2위 그룹, 그리고 태수, 손주열이 달리고 있는 도로는 이스트메인스트리트에서 웨스트유니온스트리트로 넘어가는 길이다.

전방에 야트막한 표고 30m의 언덕이 연달아 2개가 있지만 얕아서 평지나 다름이 없다.

그래서 태수와 손주열이 km당 2분 55초의 속도로 달리고 있는 동안 무타이와 키메토, 베켈레와 케베데 등이 빠른 속도로 달려와서 합류했다.

케냐와 에티오피아 선수 12명, 그리고 그 밖의 선수들까지 다 합쳐서 태수그룹은 35명의 대그룹이 되었다.

탁탁탁탁탁탁탁—

차차착착착착착—

그러나 태수는 속도를 높이지도 늦추지도 않고 km당 2분 55초 페이스로 묵묵히 달렸다.

바짝 긴장한 무타이와 키메토의 케냐 선수들과 베켈레와 케베데의 에티오피아 선수들은 감히 발작하지 못하고 태수 뒤에서 묵묵히 따르고 있다.

그들은 조금 전 내리막에서 태수와 손주열이 자신들보다 최소한 ㎞당 10초 이상 빠른 속도로 내리꽂히는 속도를 똑똑히 목격했었기 때문에 극도로 긴장한 상태다.

태수는 달리면서 최초의 승부처를 결정했다.

3.6㎞에서 8.3㎞까지 4.7㎞ 구간이 보스턴마라톤대회 전 코스를 통틀어서 가장 긴 내리막이다.

3.6㎞에 있는 중급 정도의 언덕이 해발 280m인데 8.3㎞ 끝자락은 해발 170m다. 표고 차가 110m다.

4.7㎞라는 긴 거리로 볼 때는 급경사가 아닐지 몰라도 어쨌든 내리막이다.

내리막길에서는 태수가 왕이다. 아무도 따라붙지 못하게 하고 시간을 충분히 벌 자신이 있다.

길이 4.7㎞에 표고 차 110m라면 태수의 내리막 속도로 ㎞당 2분 30초까지 달릴 수 있고 중반 이후에 탄력을 받으면 2분 25초까지도 가능하다.

죽령재의 곤두박질치는 듯한 급경사에서는 ㎞당 2분까지도 낸 적이 있었다.

그 속도는 절대로 무리해서 달리는 것이 아니다. 평지라면 추진력을 얻기 위해서 에너지를 많이 소비해야 하지만 내리막은 지형적 특성상 가속도를 최대한 이용하면 그 정도 속도를 얻을 수 있다.

물론 그것은 아무나 할 수 있는 일이 아니다. 거듭된 내리막길 강훈련과 체력, 고도의 집중력이 조화를 이루어야지만 가능한 일이다.

그러나 문제는 손주열이다. 태수가 4.7㎞ 내리막에서 평균 속도 2분 30초로 달릴 수 있는 데 비해서 손주열은 4~5초 정도 느리다.

게다가 탄력을 받은 태수가 2분 25초까지 달릴 수 있는 데 비해서 손주열은 탄력을 받아도 2분 35초가 한계다.

태수는 손주열하고 같이 가느냐 떨어뜨리고 그냥 가느냐를 놓고 잠시 갈등했다.

손주열하고 같이 가면 태수가 최소한 15~17㎞까지 페메를 해주어서 그의 기록을 40초~1분 이상 앞당길 수 있다. 그러면 손주열은 이번 대회에서 2시간 6분대 초반에 골인하여 2시간 6분대 기록을 완전히 굳힐 수 있다. 또한 운이 좋으면 2시간 5분대 후반에 골인할 수도 있을 것이다.

그렇지만 태수는 손주열의 페메를 해주는 대신 150~300m의 거리를 손해 봐야만 한다.

이번 대회, 아니, 이 전쟁은 철저하게 계산의 싸움이다. 인정사정 봐줄 상황이 아니다.

그러나 손주열은 한 식구다. 식구란 무엇인가. 같이 밥을 먹고 한 지붕 아래에서 함께 사는 사람이다.

한솥밥을 먹는 만큼 절친하다는 뜻이다. 그를 떼어놓고 가야 한다는 것이 태수는 못내 마음에 걸렸다.

태수그룹은 2개의 30m 높이 언덕을 차례로 넘었다.

두 번째 언덕을 넘으면 내리막이 350m쯤 이어지고 또다시 중급의 언덕이 나타난다.

그 언덕 꼭대기가 3.6㎞ 지점이고 거기에서부터 4.7㎞의 긴 내리막이 시작된다. 바로 거기가 태수의 첫 번째 승부처가 될 것이다.

타타타타타탁탁탁―

태수와 손주열은 두 번째 언덕을 넘어 350m의 내리막을 쏜살같이 질주했다.

아주 잠깐 사이에 두 사람의 속도는 ㎞당 2분 35초가 되었다. 태수는 더 빨리 달릴 수 있지만 손주열은 탄력을 받아야지만 2~3초쯤 속도를 올릴 수가 있다. 그러나 350m에서는 탄력을 받자마자 내리막이 끝나 버릴 것이다.

"주열아, 따라올 수 있을 때까지 따라와라."

"알았어. 내 걱정 말고 가라."

태수는 결국 손주열을 떨어뜨리기로 결정했고 손주열은 태수의 마음을 가볍게 해주었다.

타타타탁탁탁탁―

차차착착착착착―

태수와 손주열이 쏜살같이 달려 내려가자 무타이와 키메토, 그리고 베켈레와 케베데의 순서로 마치 태수에게서 멀어지면 죽기라고 할 것처럼 전속력으로 따라왔다.

태수는 내리막 100m에서 손주열을 떨어뜨렸고, 내리막이 끝나는 350m에서는 손주열을 40m 뒤로 떨어뜨렸다.

무타이와 베켈레 등은 태수를 잡으려고 발버둥 치듯이 달리지만 손주열조차도 따라가지 못하고 내리막이 끝나는 지점에서 손주열의 20m 뒤로 처졌다. 그렇다는 것은 태수하고는 60m가 벌어졌다는 뜻이다.

이제 태수 앞에는 첫 번째 스퍼트를 하게 될 높이 50m 정도의 비교적 가파른 언덕이 놓여 있다. 이 언덕을 넘으면 4.7㎞의 긴 내리막이 시작된다.

탁탁탁탁탁탁탁―

내리막길을 질주해서 내려온 탄력으로 170m 길이의 언덕을 45m까지 달려 오르고 나서 태수는 ㎞당 2분 25초까지 올렸던 속도를 뚝 떨어뜨려서 3분 페이스로 달렸다.

기분 같아서는 내친김에 단숨에 언덕 꼭대기까지 달려 올라가고 싶지만 그는 언제나 치밀한 계산을 가장 방해하는 것이 쓸데없는 감정이라는 놈이라는 걸 잘 알고 있어서 쉽게 휘말리지 않았다.

여기서는 뒤돌아볼 필요도 없다. 추측만으로 무타이 등의 거리를 충분히 가늠할 수 있다.

무타이 등은 오르막 중간쯤에서 손주열을 추월할 것이지만, 태수가 언덕을 넘어서 다시 내리막에서 질주하는 모습을 보지 못할 것이다.

언덕 꼭대기쯤에서 태수는 2위 꼬리 부분에 따라붙었고, 언덕을 넘어 내리막을 질주하기 시작할 때 2위 선두를 추월하여 질풍처럼 내달렸다.

타타타타타타탁탁—

그는 이번 대회에 평소 컨디션의 70%를 갖고 참가했으므로 최대한 경제적인 달리기를 해야만 한다.

그가 내리막을 50m쯤 달려 내려가고 있을 때 뜻밖에도 에티오피아의 데시사가 모두를 제치고 가장 먼저 언덕 꼭대기에 이르렀다.

무타이와 베켈레 등은 태수를 따라잡으려고 전력을 다했지만 언덕 꼭대기 지점에서 손주열만 겨우 추월했다.

그들 중에서도 2013년, 2015년 보스턴마라톤대회 우승자인 랠리사 데시사가 무리의 선두로 치고 나왔다.

그는 2013년에 2시간 10분대로, 2015년에는 2시간 9분대로 우승을 했지만 25살의 젊은 나이라서 하루가 다르게 실력이 향상되고 있으며, 특히 누구보다도 보스턴 풀코스를 잘 알고 있다.

그의 개인 최고기록이 2시간 6분대라는 사실은 절대로 간과해서는 안 될 일이다.

그가 보스턴마라톤대회에서 첫 우승을 했던 2013년에 결승선 근처에서 폭탄테러가 발생했었다.

당시에 그는 자신이 받은 금메달을 폭탄테러 희생자들을 위해서 보스턴시에 기증했으며, '보스턴은 강하다(Strong Boston)'라는 유명한 말을 남겼었다.

타타타타타타타—

태수의 달리는 속도는 점점 빨라져서 내리막을 달리기 시작한지 30초 만에 ㎞당 2분 25초에 도달했다.

장거리 마라토너로서 이처럼 빠른 선수는 세계를 통틀어 아마도 그가 유일할 것이다.

태수 전방 15m에 선두그룹 3명이 일렬 3~5m 간격으로 달리고 있는데 선두그룹의 2위가 일본의 무사시노라는 사실이 의외였다.

태수는 내리막을 1㎞도 달리기 전에 선두그룹 3명을 모두 추월하고 단독 선두로 쭉쭉 달려 나갔다.

태수가 추월한 선두 3명 중에 무사시노를 제외한 2명은 타데세 톨라와 레비 마테보다.

둘 다 25세 26세의 젊은 나이며, 전문가들은 무타이와 키메토의 가장 강력한 차세대 라이벌로 톨라와 마테보, 체베르 3명을 꼽았었다.

톨라의 개인 최고기록은 2시간 5분 10초이고, 마테보는 2시간 5분 16초, 체베르는 2시간 5분 27초다.

이 대회에서 톨라와 마테보는 선두를 달리고 있었으며, 체베르는 2위 그룹 선두였지만 모두 태수에게 추월당했다.

태수는 추월한 선두그룹을 뒤에 떨어뜨리고 무서운 속도로 달려 나갔다.

그런데 추월당한 무사시노가 갑자기 단거리 선수처럼 스퍼트를 하여 태수를 뒤쫓기 시작했다.

타타타타탓탓탓탓탓―

무사시노의 피스톤주법은 평지에서는 한 걸음마다 브레이크가 걸리는 단점이 있지만 내리막에서는 놀라운 속도를 발휘하는 장점을 갖고 있다.

또한 평소 내리막훈련을 자주 해왔던 무사시노는 갑자기 승부욕이 발동하여 태수를 따라붙었다.

무사시노 입장에서 봤을 때에는 태수만큼 그의 발목을 잡은 사람이 없으므로 최대의 난적이고 꺾어야 할 라이벌이다.

그러나 태수는 무사시노를 안중에도 두고 있지 않다.

5km 급수대에서 태수는 물을 마시지 않았다.

오늘 기온은 섭씨 25도의 약간 덥고 습한 날씨에 바람은 등 뒤에서 불어오기 때문에 시원함을 전혀 느끼지 못한다.

그렇지만 5km 급수대가 4.7km 길이의 내리막 도중에 위치해 있으므로 음료와 물을 받기 위해서 급수대로 향하면 속도를 떨어뜨릴 수밖에 없다.

현재 태수는 km당 2분 25초라는 경이로운 속도로 달리고 있는 중인데, 음료를 제대로 받기 위해서는 방향을 틀어야 하고 속도를 3분대로 뚝 떨어뜨려야만 한다.

그랬다가 다시 2분 25초의 속도로 올리려면 희생이 너무 크다. 최소한 음료를 받는 단순한 동작만으로 30m의 거리를 손해 볼 것이 분명하다.

아직 대회 초반이므로 갈증은 느끼지 않으니까 물은 10km 급수대에서 보충하면 된다.

"태수야! 잘하고 있다!"

"오빠! 사랑해!"

심윤복 감독과 민영은 쏜살같이 급수대 앞을 스쳐 지나는 태수를 향해 바락바락 악을 썼다.

태수가 급수대를 그냥 지나쳐서인지 그를 뒤따르는 선수들은 어느 누구도 급수대 근처에 얼씬도 하지 않았다.

태수를 뒤쫓고 있는 선수 중에서 똥줄이 타지 않는 사람은 한 명도 없다.

3.6㎞에서 시작된 이번 내리막에서 5㎞ 급수대까지 겨우 1.4㎞를 왔을 뿐인데 선두 태수를 가장 가깝게 뒤쫓고 있는 무사시노하고의 거리가 80m이고, 그 뒤를 따르는 무리의 선두인 데시사하고 무사시노의 거리는 무려 160m다.

이 내리막의 길이는 4.7㎞나 되는데 이런 계산이라면 내리막을 다 내려갔을 때쯤이면 태수하고의 거리가 최소 600m 이상 벌어질 것이라는 얘기가 된다.

그러니까 그런 계산을 하고 있는 뒤쫓는 선수들이 똥줄이 타지 않을 수가 없다.

선두는 태수고 2위 무사시노, 3위를 형성하고 있는 수십 명의 그룹은 그야말로 전쟁터를 방불케 하는 광경이다.

무타이, 키메토, 베켈레, 케베데, 킵상, 키프로티치, 톨라, 데시사, 마테보 등 수십 명이 한데 뒤엉켜서 미친 듯이 질주하고 있다.

스타트해서 불과 5㎞ 남짓 달렸을 뿐인데 마치 다들 피니시를 얼마 남겨두지 않고 죽을힘을 다해서 마지막 스퍼트를 하고 있는 듯한 광경이다.

이곳은 첫 번째 소리 없는 전쟁터다.

태수가 6km에 이르렀을 때 선도차의 시계는 15분 37초를 가리키고 있다. 스타트해서 여기까지 km당 평균 2분 36초의 놀라운 속도다.

그럴 리는 없겠지만 이 속도로 피니시까지 간다면 1시간 49분에 골인할 수 있다.

타타타타탁탁탁탁—

태수가 달리면서 슬쩍 뒤돌아보았더니 무사시노의 모습이 까마득하게 보였다.

짧게 잡아도 250m는 될 것 같고 그 뒤쪽 선수들의 모습은 가물가물한 게 아예 보이지도 않았다.

만약 이런 내리막길만 계속 된다면 태수는 넉넉하게 잡아도 풀코스를 1시간 53분 내에 골인할 수 있을 것이다.

그렇다고 해서 이 내리막이 고꾸라질 것 같은 급경사가 아니라 달리다 보면 평지인 듯한 착각이 드는 경사도이다.

그렇지만 달리게 되면 평지인지 내리막인지 몸이 더 잘 알고 정확하게 반응한다.

태수는 내리막을 질주하고 또 그에 따른 결과를 보고서 이번 대회는 확실하게 내리막질주로 승부를 걸어야겠다고 마음을 다잡았다.

지금 같은 내리막은 아니지만 앞으로 5개 정도의 내리막이 더 있으며 그중에 2개는 급경사다. 경사가 가파를수록 태수는 더 잘 달릴 수 있다. 마치 다이빙을 하듯이 온몸을 내던져서 달린다.

평소의 70%의 컨디션이지만 태수는 그다지 무리를 하면서 달리는 것 같지는 않았다.

타타타탁탁탁탁탁—

"후우우… 훅훅… 하아아… 핫핫……."

4박자 호흡은 매우 안정적이다. 오히려 좋지 않았던 컨디션이 달리면서 회복되는 듯한 기분이 들 정도다.

현재 속도는 km당 2분 40초다. 내리막이 길어지다 보니까 2분 30초로 질주를 계속하는 것이 조금 버거운 것 같아서 속도를 줄였다.

태수의 컨디션이 좋아지는 것처럼 느껴지는 것은 순전히 착각이다. 태수도 그걸 알고 있다.

안 좋은 컨디션으로 뛰면 몸에 부담이 갈지언정 컨디션이 좋아지진 않는다.

원래 뛰는 것이 습관이 되어 있어서 일시적으로 그렇게 느낄 뿐이다.

7㎞밖에 오지 않았는데 태수는 몸이 뻐근한 것을 느꼈다.

훈련 부족에서 오는 반갑지 않은 현상이다. 제아무리 단단한 강철이라고 해도 가만히 내버려 두면 녹이 슬고 만다.

태수의 몸은 일 년 내내 항상 극도의 긴장으로 팽팽하게 당겨져 있는 활시위 같아야만 한다.

일 년 내내 그런 상태를 유지하고 있어야지만 언제라도 대회에 참가하여 좋은 성적을 낼 수가 있기 때문이다.

그러기 위해서는 평소에 강훈련까지는 아니더라도 적당하게 몸을 움직여 줘야 몸의 긴장이 느슨해지지 않는다. 그의 몸은 격일제 훈련, 즉 하루는 강훈련을 죽도록 하고 그다음 날 하루를 푹 쉬는 것에 잘 적응되어 있다.

그런데 태수는 동마가 끝난 이후 훈련은커녕 조깅조차 제대로 하지 못했었다.

혜원이하고 보름 동안 오키나와에 요트 여행을 다녀온 이후부터 조깅도 하고 이것저것 근력운동을 했지만 보름 동안 쉰 갭이 너무 컸다.

대회 참가 전에는 훈련보다 더 중요한 것이 테이퍼링이라서 강훈련을 하지 못했었다.

그렇지만 후회는 하지 않는다. 태수에게 마라톤이 중요하듯이 혜원도 소중한 존재이기 때문이다. 더구나 그건 이미 엎질러진 물이라 다시 주워 담을 수 없다. 그걸 이제 와서 후회하는 것처럼 어리석은 일은 없을 것이다.

문제는, 지금 코앞에 당면해 있는 상황을 어떻게 슬기롭게 헤쳐 나가느냐는 것이다.

태수로서는 70%의 컨디션을 적절하게 운용하여 반드시 이 대회의 우승자가 돼야만 한다. 그건 두말하면 잔소리다.

7km 현재 선도차의 시계는 17분 39초다. 스타트해서 여기까지 km당 평균 2분 31초라는 어마어마한 속도로 달렸다는 뜻이다.

내리막길 마지막인 8.3km까지 달리면 기록이 지금보다 훨씬 더 좋아질 것이라는 생각을 하니까 태수는 조금 마음이 놓였다.

그러나 문제는 역시 오르막과 평지다. 태수는 스타트해서 여기까지 거의 내리막을 달리다 보니까 예상했던 것보다 속도가 더 빠르다는 사실을 알게 되었다.

그렇다는 것은 에너지를 더 많이 사용하고 몸을 그만큼 더 혹사시키고 있다는 의미다.

아무리 내리막길이라고 해도 가만히 있는데 저절로 몸이 이동하는 것이 아니라 두 다리를 움직여야만 달린다.

이 정도 경사도에서 km당 2분 55초의 속도라면 평지를 달리는 것의 80% 수준의 에너지를 사용한다.

다른 선수들은 90%를 사용하겠지만 태수는 내리막길에는 도가 텄기 때문에 효율적으로 달리는 방법을 알고 있다.

그렇지만 80%의 에너지로 km당 2분 55초를 달리는 것이기 때문에 2분 40초의 속도로 달리려면 90%, 그 이상의 속도라면 95~100%의 에너지를 쏟아야만 한다.

현재 태수는 약 95%의 에너지를 투입하고 있다. 에너지를 많이 소비하고 있는 것이다.

'작전을 조금 수정해야겠다.'

처음에 작전을 세운대로 달리다가는 후반에 덜미를 잡힐 수도 있다는 불안감이 들었다.

그렇다고 해서 지금 상황에 잘 달리고 있는 내리막에서 속도를 줄이는 방법은 좋지 않다.

평지, 오르막, 내리막 중에서 태수가 가장 자신 있으며 속도를 낼 수 있는 주로가 내리막길이다.

그러니까 내리막길에서는 최대한 빠르게 달리고 평지와 오르막에서 에너지 소비를 줄여야 하는 게 관건이다.

'오르막에서는 계획보다 속도를 조금 더 줄이자.'

그는 원래 평지에서는 km당 2분 55초, 오르막에서는 3분 페이스로 달리겠다는 계획을 세웠지만, 앞으로도 계속 나타날 내리막길에서 지금 속도를 유지하려면 오르막에서 체력을 비축해야 한다고 판단했다.

다행히 보스턴마라톤대회 코스에 오르막은 많지만 전체를

통틀어서 딱 하나가 가파르고 길다. 32.5㎞ 지점에 있는 일명 '상심의 언덕'이다. 마라토너들 사이에서는 '심장파열언덕'이라고도 불린다.

32.5㎞면 다들 체력이 많이 떨어지고 몸 여기저기 아픈 곳이 마구 나타나는 상황인데 바로 그곳에 가파르고도 긴 언덕이 있어서 많은 마라토너가 거길 극복하지 못하고 퍼진다는 것이다.

'내리막에서는 최대한 빠르게 달리고 오르막에서는 쉬자. 그 길밖에 없다.'

태수는 7㎞ 팻말을 지나면서 힐끗 뒤돌아보았다. 이제는 2위가 누군지도 보이지 않았다.

그는 2위하고는 최소한 400m 거리를 벌렸을 것이라고 나름대로 판단했다.

그가 평지나 오르막을 오를 때 후발주자들이 거리를 좁히겠지만 400m를 다 줄이지는 못할 것이다.

태수가 오르막을 다 오르는 동안 후발주자들이 최대 300m까지는 좁혀올 것이다. 그러니까 태수는 다음 내리막에서 거리를 더 벌려놓고, 그다음 내리막에서 더 벌려 나가는 작전을 계속 써야 한다.

탁탁탁탁탁탁탁—

"후우우… 훗훗… 하아아… 핫핫… 후우우……."

내리막 막바지를 향해서 달리고 있는 현재 태수의 ㎞당 속도는 2분 35초다.

몸이 뻐근해지고 또 체력 안배를 염려하다 보니까 그 자신도 모르게 속도가 조금 떨어졌다.

속도를 체크해 본 태수는 다시 속도를 올렸다. 조금 전 그가 수정한 작전에 의하면 오르막에서 계획보다 속도를 더 줄여야 하는데 내리막길에서 체력 안배를 한답시고 속도를 줄이는 것은 쓸데없는 일이다.

그가 8㎞를 지날 때 시간은 20분 09초다. 스타트해서 여기까지 여전히 평균속도 2분 31초를 유지하고 있다.

태수 전방에 유니온스트리트가 시작되는 교차로와 그 너머에 제법 가파른 것 같은 언덕이 보였다. 내리막길의 끝인데 언덕까지는 270m쯤 됐다.

타타타타타타탁탁탁탁—

태수는 언덕을 향해 첫 번째 내리막길의 마지막 스퍼트를 하여 질주했다.

와아아아—

태수가 언덕을 오르기 시작할 때 유니온스트리트 양쪽에 모인 시민들이 열렬한 박수와 함성을 질렀다.

쌀쌀한 날씨 때문인지 시민들은 자리를 잡고 앉아 있는 곳에서 담요 같은 것을 무릎에 덮고 있다.

이들의 박수와 함성은 마라톤 풀코스 2시간대의 벽을 깬 영웅에게 보내는 경의의 표시이고 찬사다. 그리고 보스턴에서도 뭔가 새로운 기록을 이루어주기를 바라는 열망이다.

태수 전방 20m에는 선도차가 태수의 속도에 맞춰서 느린 속도로 달리고 있으며, 그 너머에 보스턴마라톤대회 주관방송사인 미국 ESPN이, 그리고 달리고 있는 태수의 양쪽에는 거짓말이 아니라 최소한 50대 이상의 모터바이크가 숨 가쁘게 취재를 하고 있다.

보스턴마라톤대회 주최 측이 이렇게 많은 취재진에게 허가를 내주었다는 게 신기하다는 생각이 들 정도다. 마라토너들만 전쟁이 아니라 취재진들도 전쟁을 치르고 있다.

타타타탁탁탁—

태수는 내리막길 마지막 탄력을 받아 언덕을 오르다가 점점 속도가 떨어져서 km당 3분으로 달렸다.

"후우우… 훅훅… 하아아… 학학학……."

그런데 조금 버거운 것 같아서 속도를 조금 더 떨어뜨렸다. 원래 3분으로 가려고 해서 한번 달려봤는데 역시 무리라고 몸이 먼저 반응을 했다.

일단 3분 2초로 맞추고 달리는데 멀리에서 봤던 것보다 언덕이 조금 더 가파르고 또 긴 것 같다. 그래서 3분 5초로 늦추었더니 기분이 한결 나아졌다.

휴식을 취하려면 확실히 취해야지 이것도 저것도 아니면 쓸데없이 시간과 체력만 낭비한 꼴이 되고 만다.

언덕이 꽤 길다. 코스 답사와 자료에서는 이 언덕의 길이가 770m라고 했는데 직접 달려보니까 1km는 훨씬 넘는 것 같다. 자료를 보는 것과 달리면서 체감을 하는 것의 차이가 이런 것이다.

그런데 조금 전에 내리막길을 질주할 때 느꼈던 몸의 뻐근함이 다시 느껴졌다.

속도를 3분 5초까지 늦췄는데도 이렇다는 것은 훈련 부족이고 동시에 제대로 휴식을 취하지 않았다는 뜻이다. 그렇지만 여기에서 더 속도를 늦출 수는 없다.

늦추면 내리막길에서 질주하여 벌어놓은 것을 까먹어서 질주한 의미가 퇴색하고 만다.

이제는 무조건 버텨야 한다. 방법이 없다. 마라톤은 휴식을 취하려고 하는 게 아니다. 고통 없는 승리라는 게 어디에 있겠는가.

이 770m의 언덕을 넘으면 내리막길이지만 아주 짧다. 질주를 시작하면 곧바로 또 언덕이 나타난다. 내리막이 150m로 매우 짧기 때문이다.

수십 번이나 숙지를 했기 때문에 태수의 머릿속에는 보스턴마라톤대회 코스가 자세하게 각인되어 있을 뿐만 아니라 거기에 구체적인 작전까지 빼곡하게 덧씌워져 있다.

그런 식의 언덕과 내리막이 3개 연속으로 이어지고 3번째 언덕을 넘어서면 400m의 조금 긴 내리막길이 이어진다.

그러니까 그 내리막길까지는 이런 속도로 갈 수밖에 없다. 그러면 도대체 시간을 얼마나 까먹게 될 것인가.

컨디션이 좋을 땐 이까짓 거 아무것도 아닌데 지금 같은 상황에서는 돌부리조차도 성가시다.

길이 770m 언덕의 500m 정도 왔을 때 태수 주위의 모터바이크 중에서 여러 대의 카메라가 갑자기 뒤를 향하는 게 보였다.

태수가 반사적으로 힐끗 뒤돌아보니까 어이없게도 한 선수가 저 멀리에 보였다.

누군지 확인하기 위해서 다시 한 번 고개를 돌리고서야 그가 무사시노라는 사실을 깨달았다.

무사시노를 발견하고 솔직히 태수는 놀랐다. 200m까지 따라붙은 건 분명히 무사시노다.

자신을 바짝 추격하고 있는 게 무타이나 키메토, 베켈레 등이었다면 이렇게 놀라지 않았을 것이다.

더구나 2위하고 최소 400m 이상 거리를 벌였을 것이라고 계산했는데 무사시노가 200m까지 따라붙었다.

그런데 무사시노라니… 그의 기록과 실력을 알고 있는 태수로서는 무사시노의 폭주는 전혀 뜻밖이다. 그렇다, 이건 무사시노의 폭주고 반란이다.

타타타타탁타탁탁—

태수는 갑자기 자신도 모르게 속도를 부쩍 높였다. 무사시노에게 더 이상 거리를 좁히게 해서는 안 된다고 본능적으로 생각했다.

그렇다고 위기감은 아니다. 무사시노 따위 3류에게 위기는 전혀 느끼지 않았다.

만약에 뒤쫓고 있는 선수가 무타이나 키메토였다면 냉정하게 반응했을지도 모른다.

그런데 난데없이 무사시노라니, 태수는 그에게 아무런 감정도 없다고 여겼었는데 지독한 비린내를 맡았을 때처럼 속이 메스껍고 뒤틀렸다.

그러다가 태수는 자신의 속도가 최소한 km당 2분 45초까지 빨라져 있다는 사실을 깨닫고 움찔했다. 오르막에서 2분 45초라니 미친 짓이다.

무사시노 따위에게 위기감을 느끼지 않는다면서 감정적으로, 그리고 몸으로는 위기감을 느낀 것인가?

'뭐하는 거냐, 한태수!'

태수는 다시 속도를 3분 5초로 늦추었다.

'평정이다. 여기서 평정심을 잃으면 지는 거다.'

태수가 다시 한 번 뒤돌아보자 무사시노는 150m까지 거리를 좁혀오고 있었다.

보스턴마라톤대회 피니시는 이 언덕이 아니라 아직 34㎞를 더 달려야만 한다.

그러니까 여기에서 쓸데없이 체력과 정신을 낭비하는 건 어리석은 짓이다.

무사시노라면 태수가 너무도 잘 알고 있는 선수가 아닌가. 설사 그가 이 언덕에서 태수를 추월한다고 해도 나중에 얼마든지 앞지를 수 있다.

4.7㎞의 내리막길을 최초의 승부처라 여기고 죽을힘을 다해서 달려왔으며, 2위하고 최소한 400m 이상 거리를 벌렸을 것이라는 짐작에 다소 안심하고 있는 상황에서 느닷없이 2위가 나타나 200m까지 추격하고 있으며, 지금 현재도 시시각각 거리를 좁혀오고 있는 상황에서 평정심을 유지한다는 것이 태수로서는 사실 말처럼 쉽지가 않은 일이다.

타탁탁탁타타탁탁탁―

"후우우… 혹혹… 하아아… 핫핫……."

태수는 빠르게 평정심을 찾고 ㎞당 3분 5초의 속도로

770m 언덕의 마지막을 향해 기관차처럼 달려 올라갔다.

그는 언덕 꼭대기에 이를 때쯤이면 무사시노가 50m까지 따라붙을 것이라고 예상했다.

태수가 이처럼 가파른 언덕을 km당 3분~3분 10초의 속도로 오르고 있는데, 무사시노가 현재 거리를 좁혀오는 속도를 보면 아무리 느려도 km당 2분 45초 이상은 될 것이다.

평지에서도 2분 45초로 가는 건 최소한 12~3초 이상의 명백한 오버페이스인데 이처럼 가파른 오르막에서 저 정도의 속도는 오버페이스 이상이다.

태수 생각으로는 아무래도 무사시노가 아마도 하프마라톤을 뛰려고 작정을 한 것만 같다.

타탁타탁타탁타탁—

"후우욱… 훅훅… 하아앗… 학학……"

마침내 770m 길이의 오르막 꼭대기에 올랐을 때 태수는 숨이 조금 차고 햄스트링과 허리가 뻐근한 것을 느꼈다.

그리고 내리막길을 달려 내려가기 전에 슬쩍 뒤돌아보니까 무사시노가 30m까지 따라붙어 있다. 50m라고 예상했는데 30m라는 건 무사시노가 km당 2분 40초의 속도로 오르막을 질주했다는 뜻이다.

'미친놈.'

태수는 이쯤에서 무사시노를 경계하면서 정신력을 낭비하는 일을 그만둬야겠다고 생각했다.

무사시노가 태수 주위에서 알짱거리겠지만 귀찮은 생쥐 한 마리가 깝죽거린다고 치부하면 그만이다. 뛰는 걸 보면 무사시노는 상대할 가치조차도 없다.

제42장
상심의 언덕(Heartbreak Hill)

타타타타타탁탁탁—

첫 번째 언덕 뒤편 150m의 짧은 내리막길에서 태수는 곤두박질치듯이 질주하여 무사시노하고의 거리를 60m로 벌려놓았다.

150m의 짧은 내리막길에서 순식간에 30m씩이나 벌렸다면 태수가 무사시노보다 얼마나 내리막질주를 잘하는지 알 수 있을 것이다.

무사시노는 오르막에서 오버페이스를 하여 태수하고의 거리를 쑥쑥 좁혀오다가 내리막길에서 단번에 확 거리가 벌어지자 황당한 표정을 짓더니 두 번째 오르막에서 만회하려고 결사적으로 뒤쫓았다.

두 번째 언덕 오르막 길이는 120m 남짓이고 언덕을 넘은 다음 내리막길은 170m다. 오르막보다 내리막이 긴 것은 태수에겐 청신호다.

두 번째 언덕 오르막을 ㎞당 3분 5초로 달려 올라 꼭대기에 거의 이르렀을 때, 태수는 바짝 뒤따르는 무사시노보다 그 뒤쪽의 무타이 등이 어디까지 왔는지 돌아보았다.

120m 오르막에서 무사시노는 또다시 전력으로 질주하여 따라오고 있으며, 그 뒤 첫 번째 언덕을 막 넘어서 내리막길을 달려 내리고 있는 선수들이 보였다. 그러나 거리가 멀어서 선두가 누군지는 알아볼 수가 없다.

첫 번째 언덕 내리막길이 150m이고, 두 번째 언덕 오르막이 120m니까 태수와 3위 그룹 선두주자의 거리는 270m 정도다. 후미주자하고의 거리를 최소한 400m는 벌려놓았을 것이라고 예상했는데 270m라는 건 충격이다.

아마도 선두 태수와 2위 무사시노하고의 거리가 너무 벌어지니까 3위 그룹이 똥줄이 타서 스퍼트를 했을 것이다.

마라토너는 앞선 주자의 모습이 시야에서 사라질 때 가장 불안을 느끼기 때문이다.

더구나 2위 무사시노마저 보이지 않으니까 이러다가 도태되는 게 아닐까 조바심이 난 게 분명하다.

이런 상황에 제일 먼저 떠오르는 건 무사시노에 대한 원망이지만, 조금 더 생각해 보면 구태여 무사시노를 원망할 필요가 없다.

무사시노든 3위 그룹이든 내리막길에서 벌어진 거리를 평지와 오르막에서 좁히고 있을 테니까 그만큼 오버페이스를 하고 있다는 뜻이다.

태수는 내리막길에서 거리를 벌리고 후미주자들은 평지와 오르막에서 좁히려고 버둥거린다.

누가 체력 소모가 심할 것인지는 구태여 설명하지 않아도 쉽게 알 수 있다.

태수는 이렇게 해서 최대한 거리를 벌려놓고 아울러 라이벌들의 체력을 자꾸 소모시켜서 자신의 70% 컨디션과 동등하게 만들어야만 한다.

다다다다타타타탁—

태수는 170m 거리의 짧은 내리막길을 날개를 단 것처럼 질주했다. 아무리 짧은 내리막길이라고 해도 허투루 낭비할 처지가 아니다.

가랑비에 옷이 젖는다고 하지 않던가. 짧은 내리막이라도 최대한으로 가속도를 내서 달리다보면 거리가 벌어지고 그게 누적되면 길어진다는 건 동서고금의 진리다.

세 번째 언덕을 넘어 다소 긴 320m의 내리막길을 거의 다 내려간 위치인 웨이벌리스트리트 초입에 10㎞ 급수대가 자리 잡고 있다.

두 번째 언덕 내리막길에서 무사시노와의 거리를 조금 더 벌렸다가 세 번째 언덕 오르막에서 다시 좁혀져서 40m 거리가 된 상태에서 태수는 웨이벌리스트리트를 향해 폭격기처럼 내리꽂혔다.

타타타타타탁탁탁탁탁탁—

무사시노와 3위 그룹의 압박 때문에 어느 정도 신경이 쓰였던 태수는 이때쯤 완전히 평정심을 되찾았다. 현재 자신이 처해 있는 상황을 냉철하게 판단했기 때문이다.

내리막질주는 여러 이점이 있는 반면에 두 가지 큰 리스크를 안고 있다.

첫째는 내리막길을 질주하다가 한 번 스텝이 엉키면 회복하기 어렵다는 것이고, 그러다가 넘어지면 대형 사고로 이어진다는 사실이다.

내리막길은 평지나 오르막하고는 주법이 전혀 다르다. 평지나 오르막에서는 스텝이 꼬여도 금세 바로잡을 수 있고 넘어지더라도 대부분 즉시 일어나서 다시 달릴 수 있다.

하지만 내리막길에서는 질주를 하게 되고 무게중심이 앞쪽과 아래를 향하고 있는 탓에 넘어지는 경우에는 뒤로 쓰러지는 것보다 앞으로 엎어질 가능성이 많다.

그리고 그렇게 엎어져서 아스팔트에 얼굴과 몸을 갈아버리고 몇 바퀴 구르기라도 하면 게임 오버다.

내리막질주에서는 평지보다 3배 이상의 체중이 두 다리와 무릎을 짓누르기 때문에 하체가 웬만큼 튼튼하지 않고서는, 그리고 내리막질주의 특별한 기술을 익히지 않고서는 내리막길에서 전력 질주를 하지 않는 게 상식이다.

그래서 대부분의 선수는 내리막길을 달릴 때 앞으로 고꾸라져서 큰 부상을 입게 될 것을 두려워하여 뒤꿈치가 먼저 바닥을 딛는다.

그건 아프리카계 선수들도 마찬가지다. 그들은 평지에서는 발 앞부분으로 프론트풋 착지를 하지만 내리막길에서는 뒤꿈치부터 바닥에 닿는다.

상체보다 하체가 훨씬 긴 그들로서는 고꾸라지지 않으려면 그럴 수밖에 없다.

태수는 5㎞ 급수대에서 물을 마시지 않았기 때문에 10㎞에서는 반드시 마셔야 한다.

여기에서도 음료를 마시지 않으면 하프 이후에 탈수 때문에 쓰러질지도 모른다. 물은 마실 기회가 있을 때 충분히 마셔두는 게 좋다.

그렇지만 갑자기 물을 너무 많이 마시면 혈중 나트륨 농도가 낮아져서 저나트륨혈증에 이르게 되고 심할 경우 목숨을 잃을 수도 있다.

"태수야! 그거 먹어라!"

"오빠! 잘하고 있어!"

탁!

민영이 태수에게 음료병, 생수병과 함께 무언가를 한 움큼 쥐어주었으나 받는 과정에 몇 개를 떨어뜨렸다.

몹시 갈증을 느꼈던 태수는 내리막을 달리면서 음료를 벌컥벌컥 들이켜고는 차가운 생수를 뒷목과 양쪽 어깨, 양쪽 허벅지에 뿌렸다.

마라토너들은 아무리 목이 말라도 생수보다는 스태프가 특수 조제한 음료를 마시는 게 원칙이다.

그것은 에너지음료+이온음료다. 장시간 빠른 속도로 달리게 되면 에너지만이 아니라 나트륨도 소실되는데 그걸 보충하기 위해서 이온음료를 마시는 것이다.

민영이 음료와 함께 태수에게 쥐어준 것은 타라스포츠에서 제조한 것으로서 에너지 농축액인 파워젤인데 받을 때 다 흘리고 2개가 남았다.

태수는 파워젤 2개를 한꺼번에 모가지를 잘라내고 입에 쑤서 넣고 쭉쭉 빨았다. 달콤하고 찐득한 액체가 식도를 타고 흘러 내려갔다.

10㎞쯤 달리고 나면 무지하게 허기가 진다. 파워젤은 팽만감을 주지는 못하지만 어느 정도 허기를 달래준다. 그러나 그게 에너지를 충족시켜 주는지는 모르겠다.

10㎞까지 시간은 25분 30초, ㎞당 평균 속도 2분 33초다. 평균 속도가 2분 31초에서 2초 늦어졌다. 3개의 평지와 언덕을 오르느라 시간을 까먹었다.

힐끗 뒤돌아보니까 무사시노는 70m 정도 멀어졌다. 최소한 100m 이상 뒤처졌을 줄 알았는데 신통하게 잘 따라오고 있다. 무사시노는 피스톤주법에 평소 내리막질주훈련을 잘했던 모양이다.

무사시노 후방 내리막길이 시작하는 곳에서 3위 그룹이 구르는 것처럼 달려 내려오고 있는 게 보였다. 대략 300m는 될 듯했다.

그런 거리로는 아직 멀었다. 최소한 300m의 3배는 벌려놔야지만 안심할 수 있다.

여기서부터 12㎞까지는 평지이고, 거기서부터 15.4㎞까지 언덕이 무려 7개나 있다.

그중에 하나만 높이가 100m 정도이고 6개는 30~40m 높이다. 중요한 건 언덕 다음에는 반드시 내리막길이 있다는 사실이다.

낮고 짧은 언덕에 낮고 긴 내리막길은 태수에겐 행운이다.

'상심의 언덕에 도달했을 때에는 무조건 후미주자하고 500m 이상 벌려놔야만 한다. 그래야지만 페이스다운이 되더라도 버텨낼 수가 있다.'

태수는 70%의 컨디션으로 시작했기 때문에 후반으로 갈수록 속도가 떨어질 것이다.

그러다가 마의 벽이라도 닥치면 최악의 경우 속도가 km당 3분 20초 이하로도 떨어질 수 있다는 사실에 철저하게 대비해야만 한다.

통상 마의 벽은 35km 지점에 찾아오지만 현재 태수의 상황으로는 더 일찍 엄습할 것이다.

이 싸움은 같이 달리는 라이벌도, 페메로 삼을 그 무엇도 없다. 피니시까지 태수 혼자 달려야 하는 외로운 싸움이다. 그러므로 태수는 또 하나의 적, 외로움과 싸워야 한다.

태수는 평지에서 달리는 것은 원래 계획대로 km당 2분 55초를 유지하기로 했다.

10km에서 12km까지는 평지다. 다른 도시에서는 이 정도면 야트막한 언덕이라고 하지만 보스턴에서는 평지에 속한다. 평지가 드물기 때문이다.

'여기에서는 다들 오버페이스를 할 거다.'

후미주자들이 태수하고의 거리를 좁히기 위해서 이 좋은 기회를 그냥 넘어갈 리가 없다.

태수는 그렇다고 해도 자신은 km당 2분 55초를 고수해야 한다고 다짐했다.

쾌쾡쾡쾡쾡― 두둥둥둥둥―

"한태수 파이팅!"

"한태수 이겨라! 윈드 마스터 이겨라!"

길가에서 보스턴 교민들이 쾡과리와 북을 두드리면서 목청껏 응원을 하고 있다.

태수가 이 거리에 내버려진 것처럼 혼자 달리고 있을 때 교민들의 응원은 적잖이 힘이 된다.

태수의 계산으로는 이곳 평지에서 무사시노가 태수를 추월할 것이다.

어쩌면 무타이나 베켈레까지 추월할지도 모르지만 그러려면 발바닥에 불이 붙은 것처럼 달려야 할 것이다.

태수는 여기까지 달려오는 동안 오버페이스를 하지 않았다. 그럴 체력도 없지만, 철저한 계산 아래에서 움직이면서 최대한 에너지를 아끼고 있는 중이다.

그렇지만 라이벌들은 다를 거다. 풀코스의 초반인데도 불구하고 선두와 2위가 로켓처럼 내빼니까 오버페이스를 하는 줄 뻔히 알면서도 미친 듯이 달려오고 있다.

만약 그들이 태수를 추월하면 그냥 내버려 둘 생각이다. 그러고는 7개나 되는 언덕의 내리막길에서 태수가 또다시 추월하고, 그러면 라이벌들은 오버페이스를 했으면서도 또다시 평지와 오르막에서 오버페이스를 할 수밖에 없는 상황에 처하게 된다.

그런 식으로 그들의 체력을 바닥내야만 한다.

타타탁탁탁탁탁—

"후우우… 훅훅… 하아아… 핫핫……."

체감 속도가 컴퓨터처럼 정확한 태수는 10㎞ 이후 줄곧 ㎞당 2분 55초 페이스로 달리고 있다.

그건 절대로 느린 속도가 아니다. 그 페이스로 처음부터 피니시까지 가면 2시간 2분 44초~2시간 3분 25초 안에 골인할 수 있는 빠른 속도다.

태수는 10㎞까지 평균 속도 ㎞당 2분 33초로 달려서 25분 30초가 걸렸으니까, 지금 이 속도로 피니시까지 가면 1시간 33분 40초 정도가 걸리고, 그걸 합하면 1시간 57분대에 골인하게 된다.

탁탁탁탁탁탁탁—

"헉헉헉헉헉헉헉헉……."

그때 태수 등 뒤에서 둔탁한 발걸음 소리와 거친 숨소리가 뒤섞여서 들려왔다. 돌아보지 않고서도 무사시노라는 것을 알 수가 있지만 태수는 당황하지도 달리 어떤 행동을 취하지도 않았다. 이미 예상하고 있었던 일이고 거기에 대한 대비책도 세워놓았다.

탁탁탁탁탁탁—

"헉헉헉헉헉헉헉……."

무사시노는 태수의 왼쪽으로 추월하다가 어느 순간 나란히 달리게 되었다.

지금 이 순간 무사시노는 분명이 태수를 보면서 득의한 미소를 짓고 있을 것이 분명하다.

오버페이스에 오버페이스를 더해서 달려 간신히 태수를 따라잡았으면서도 뭐가 좋아서 웃는 것인가.

그렇게 달리다가는 하프 이후 35㎞ 마의 벽에서 그대로 리타이어하고 말 텐데도, 무사시노가 태수를 잡으려고 아득바득 혼신의 힘을 다 쏟는 모습이 상상만으로도 왠지 측은하게 여겨졌다.

그토록 태수를 이겨보고 싶은 것인가, 무사시노는.

그래서 태수는 예의상 그를 한 번 쳐다봐 주기로 했다. 무사시노의 증오심에, 무사시노의 텅 빈 머리에 경의를 표하면서 말이다.

태수가 쳐다봤을 때 득의한 미소를 짓고 있던 무사시노는 기다렸다는 듯이 더 환한 미소를 지었다.

'내가 널 추월하고 있다. 잘 봐라!'

무사시노의 미소는 그렇게 외치고 있었다. 그렇지만 그는 입을 크게 벌린 채 혓바닥이 입 밖으로 나올 정도로 거칠게 헐떡거리고 있었다.

"헉헉헉헉헉헉……."

태수가 생각했던 것보다 더 지친 모습이다. 그런데도 그는 기뻐하고 있었다.

태수는 조금도 지치지 않은 얼굴로 미소를 지어 보였다. '장하다'라고 그의 미소가 말해주었다. 무사시노의 아둔함은 충분히 칭찬을 받을 만하다.

태수가 뒤돌아보자 3위 그룹이 30m쯤 뒤에서 부지런히 따라오고 있다.

눈으로 보진 않았어도 그들은 평지와 오르막에서 최소한 ㎞당 2분 40초 이상의 속도로 달려왔을 것이다.

선두는 데시사다. 그 뒤에 무타이와 키메토, 베켈레, 킵상 등이 따라오고 있다.

아니, 숨어 있다. 그들은 아직 어린 데시사를 선두에 내놓고 그 뒤에 숨어서 달려오고 있다.

무타이와 키메토, 베켈레 등이 데시사 뒤에 숨어 있는 이유는 크게 두 개다.

하나는 태수가 어떻게 나올지 반응을 보려는 것이다.

그리고 또 하나는 오버페이스를 해서 미친 듯이 달려온 행동에 대한 부끄러움이다.

그들은 태수가 내리막길에서 무서운 속도로 질주하는 모습을 똑똑히 보았다.

그것 하나만 보더라도 그들은 도저히 태수를 능가할 수 없다고 생각했다.

그동안 그들은 태수하고 여러 차례 경쟁을 했었지만 보스턴마라톤대회처럼 언덕이 많은 코스는 없었다. 그랬기에 태수의 내리막질주를 처음 보는 것이고 그것에 몹시 놀랐으며 또 크게 당황했다.

언제나 그랬던 것처럼 그들은 이 대회에 참가하기 전에 나름대로 열심히 작전을 짰었지만 이번 대회에서도 그 작전들은 무용지물이 되고 말았다.

모두들 신의 영역이라고 믿었던 마라톤 2시간대의 벽을 깬 윈드 마스터 한태수의 능력은 진저리 쳐질 정도로 뛰어나면서도 머리털이 쭈뼛거릴 만큼 치밀한 것이었다.

이게 태수의 전부라고 생각하면 어김없이 또 다른 능력과 전술이 튀어나왔다.

그래서 무타이와 키메토 등은 지금 태수가 또 다른 전혀 새로운 작전을 구사하고 있는 것이라고 생각했다.

무타이와 키메토, 베켈레 등은 힘겹게 여기까지 달려왔지만 태수를 추월할 생각은 추호도 없다.

전에도 그랬었지만 태수를 추월해서 좋은 결과를 얻은 적이 한 번도 없었기 때문이다.

"헉헉헉헉헉헉……."

"하아앗… 후우웃… 학학학학……."

무타이와 키메토 등은 여기까지 오버페이스를 해서 달려왔기 때문에 모두들 숨이 차서 몹시 헐떡거렸다.

그런데 그때 아주 곤란한 일이 생겼다. 3위 그룹의 선두인 젊은 데시사가 태수를 추월하기 시작한 것이다.

데시사는 태수와 두 번 시합을 해봤지만 태수가 워낙 빨리 달리는 바람에 경쟁조차 해보지 못했었다.

그래서 태수의 진가를 그저 막연하게만 알고 있을 뿐이다. 그렇기 때문에 겁도 없이 지금 같은 상황에서 추월을 하는 것이겠지만.

그렇지만 무타이와 키메토, 베켈레 등은 태수 뒤 3~5m에서 묵묵히 달리기만 할 뿐 앞으로 치고 나가지 않았다. 다만 데시사의 경솔함을 속으로 비웃을 뿐이다.

타타탁탁탁탁—

데시사는 태수하고 나란히 달리게 되자 그를 한 번 힐끗 보더니 앞으로 쑥쑥 치고 나갔다.

데시사는 눈앞의 현실만 인정한다. 그는 자신이 현 세계챔피언을 추월하고 있으며 전방 20m 거리에서 달리고 있는 선두 무사시노를 따라잡는 것을 목표로 삼고 있다. 그것이 그의 냉정한 현실이다.

그때 뒤쪽에서 몇몇 선수가 무타이와 키메토들을 추월하여 앞으로 달려 나가기 시작했다.

무타이와 키메토들은 그들을 힐끗 쳐다보았다. 차세대 주자로 꼽히는 톨라와 체베르, 마테보 3명이 꿋꿋하게 일렬로 무타이와 키메토들을 스쳐 지나 데시사의 뒤를 따라갔다.

데시사는 태수하고 두 번 경기를 해봤었고 뜨거운 맛을 본 적이 없지만, 톨라와 체베르, 마테보는 아예 태수하고 경기 자체를 해본 적이 한 번도 없다.

지금 상황에서 무타이와 키메토들의 방법이 옳은지 아니면 물불 가리지 않는 데시사와 톨라들의 행동이 들어맞을지는 누구도 장담할 수 없다.

그렇지만 여기까지 달려오고서도 무타이와 키메토들은 아직 태수의 작전이 무엇인지 눈치를 채지 못했다.

단지 태수가 내리막길에서는 질주하고 평지와 오르막에서는 평상 속도로 달리고 있다는 사실만 알고 있을 뿐이다.

적을 알고 나를 알면 백전백승이라는 것은 동서고금의 명백한 진리다.

무타이와 키메토들은 이 대회의 가장 강력한 우승 후보인 태수의 작전을 전혀 모르고 있는 상황에서 어느 누구도 함부로 행동에 나서지 못하고 있는 것이다.

타타탁탁탁탁탁—

태수는 앞으로 쭉쭉 달려 나가는 무사시노와 데시사, 톨라들을 보면서 묵묵히 자신의 속도를 지켰다.

무사시노는 매우 지쳤으나 아직은 체력이 버틸 수 있어서 태수하고의 거리를 더 벌리려고 속도를 늦추지 않았다. 그의 속도는 km당 2분 45초. 2위 그룹인 데시사들은 2분 42~43초로 조금씩 무사시노와의 거리를 좁히고 있다.

무사시노는 자꾸만 뒤돌아보면서 태수를 경계하고 있지만 태수는 점점 멀어지는 대신에 데시사들이 조금씩 가까워지고 있어서 불안감이 이만저만한 게 아니다.

그렇지만 무사시노로서는 어렵게 차지한 선두 자리를 데시사들에게 뺏기고 싶지 않았기에 조금 더 속도를 높여서 km당 2분 40초로 달려 나갔다.

무사시노는 진정한 강자가 누구인지 알고 있으며 또한 후반에 가서야 진짜 순위가 정해진다는 사실을 알고 있으나 현실에서의 선두 자리를 뺏기고 싶지 않았다.

태수가 마침내 평지가 끝나는 15.2㎞ 구간에 이르렀을 때에는 선두 무사시노가 120m까지 앞섰으며, 2위 그룹은 무사시노의 15m까지 바짝 추격하고 있었다.

무사시노 전방에는 긴 언덕이 높여 있다. 그리 높지는 않지만 길이가 무려 3.1㎞에 이른다.

말하자면 얕으면서도 너무 길어서 달리는 선수들의 진을 완전히 빼버리기 때문에 마라토너들은 이 언덕을 이곳 거리의 이름을 따서 센트럴에베레스트라고 부른다.

태수는 평지를 달리는 동안 하나의 작은 작전을 생각해 냈다. 그것은 이곳 3.1㎞의 긴 언덕에서 선수들에게 무거운 대미지를 입히자는 것이다.

선두 무사시노와 2위 그룹 데시사들, 그리고 태수 뒤에서 웅크린 채 달리고 있는 무타이와 키메토들을 싸우게 만들려는 작전이다.

현재 선두 무사시노와 2위 그룹의 데시사, 톨라, 체베르, 마테보는 치열한 선두 다툼을 벌이고 있다.

한 치 앞이 보이지 않는 그 진흙탕 싸움에 무타이와 키메토, 베켈레 등을 밀어 넣으려는 것이다.

현재 무타이와 키메토들은 태수의 뒤에서 잔뜩 포진한 상태에서 좀처럼 앞으로 나가려고 하지 않는다. 태수 눈치를 보고 있기 때문이다.

하지만 그들은 이 대회에 태수 눈치만 보려고 출전한 것이 아니라 우승이 목적이다.

우승을 위해서는 다각도로 작전을 구사해야 하는데, 가장 강력한 라이벌인 태수가 어떻게 행동하는가에 따라서 자신들의 행동을 정하려는 것이다.

그래서 태수는 이 긴 언덕에서 무타이와 키메토들을 움직이게 하려는 목적이다.

하지만 그렇게 하기 위해서 구태여 태수가 달리 뭔가 뾰족한 작전을 구사할 필요는 없다.

이 정도 경사도의 언덕이라면 원래 태수는 km당 3분 2초의 속도로 달릴 생각이었다.

그것은 작전도 뭣도 아니다. 설사 무타이나 키메토들이 아니더라도 태수는 이 정도 언덕에서는 그만큼의 속도로 달릴 생각이었다.

태수의 작전은 특별한 행동을 하지 않는, 즉 그냥 이대로 묵묵히 달린다는 것이다.

그러면 태수가 뭔가 행동해 주기를 기다리고 있는 무타이와 키메토들이 묵묵부답인 태수를 보다 못해서 결국 치고 나갈 거라는 계산이다.

더구나 선두 무사시노와 2위 그룹 데시사들은 지금 현재도 점점 더 멀어지고 있는 중인데 태수는 여전히 꼼짝도 하지 않고 있기 때문에 무타이와 키메토들은 똥줄이 탈 수밖에 없는 상황이다.

드디어 3.1㎞ 구간 센트럴에베레스트 언덕이 시작됐다.

태수의 150m 전방에서는 무사시노와 데시사, 톨라 등이 한 덩이로 뒤섞여서 치열한 선두 다툼을 벌이고 있다.

조금 전까지만 해도 선두가 120m였는데 지금은 150m로 벌어졌다는 사실 때문에 무타이와 키메토들은 속이 바짝바짝 타들어갔다.

탁탁탁탁탁탁탁―

그런데 태수는 언덕이 시작되자 오히려 속도가 ㎞당 2분 55초에서 3분으로 떨어지더니 잠시 후에는 3분 2초로 뚝 떨어졌다.

태수 뒤를 바싹 따르고 있는 무타이와 키메토들은 태수가 속도를 갑자기 떨어뜨리는 바람에 하마터면 그와 부딪칠 뻔하여 피하느라 작은 소란이 벌어졌다.

무타이와 키메토들은 혼란에 빠졌다. 언덕이 시작되자 태수의 속도가 떨어지는 것을 어떻게 해석해야 할지 빠르게 머리를 굴려보지만 도무지 요령부득이다.

태수를 따르고 있는 소위 태수그룹은 무타이와 키메토, 베켈레, 케베데를 비롯하여 10명인데 하나같이 세계 최정상급 선수다.

그들은 베를린마라톤대회 이후 태수하고 많게는 5번에서 적게는 2~3번 이상 대결을 해본 선수들이라서 태수에 대해서는 자기들 나름 잘 알고 있다고 자부했다.

그런데 지금까지 태수가 참가한 대회에서 그가 지금 같은 모습을 보인 적은 한 번도 없었다.

베를린마라톤대회부터 지난 달 동마까지 태수는 언제나 선두로 달리거나 선두를 위협하는 사냥꾼의 모습이었지 절대로 이처럼 후줄근한 모습은 아니었다.

그래서 무타이들은 어쩌면 태수가 이 언덕에서 어떤 행동을 취할지도 모른다고 생각했다.

타탁탁탁타타타탁탁탁―

무타이와 키메토들은 태수의 다음 행동을 기다리면서 한 덩이로 뭉쳐서 묵묵히 달리기만 했다.

3.1㎞ 언덕의 1㎞를 지날 때까지도 태수가 오히려 속도가 ㎞당 3분 5초로 떨어뜨려서 달리자 뒤따르면서 이제나 저제나 기다리고 있던 무타이와 키메토들 속에서 동요가 일어나기 시작했다.

벌써 16.3㎞를 달려왔으므로 초반은 넘어선 상황이다. 그런데도 태수가 스퍼트를 하지 않고 지지부진하고 있기 때문에 그 이유가 순전히 컨디션 난조 때문이라고 단정하는 선수들이 비로소 생겨났다.

차차차착착착착착—

마침내 춤바와 킵상, 키루이, 키프로티치, 킵초게, 네게세 6명이 속도를 올렸다.

그렇지만 그들은 갑자기 튀어 나가지 않고 태수의 반응을 기다리듯 km당 3분 정도의 속도로 달려 나갔다. 그러면서 뒤돌아보았지만 태수는 조금씩 뒤로 멀어지고 있을 뿐 아무런 행동도 취하지 않았다.

차차차차차착착착착—

결국 춤바와 킵상을 비롯한 6명은 속도를 km당 2분 45초로 올려서 우르르 쏜살같이 달려 나갔다.

그때 이미 선두는 200m 이상 멀어져 있었다. 뒤늦게 스퍼트한 춤바들은 선두를 따라잡으려면 큰 대가를 치러야만 할 것 같다.

무타이는 키메토를 쳐다보았다. 서로 말은 하지 않았지만 이런 식으로 더 이상 기다렸다가는 이 대회를 망칠 거라는 위기감이 두 사람의 얼굴에 떠올랐다.

아직 태수 뒤에서 달리고 있는 사람은 무타이와 키메토, 베켈레, 케베데 4명이다.

결국 무타이와 키메토는 지금이라도 스퍼트를 하기로 마음 먹고 행동으로 옮겼다.

조금 전에 치고 나간 춤바와 킵상 등은 30m 앞에서 달리고 있다. 춤바그룹 6명은 세계 최정상급 선수들이라 그들 중에서 한 명이 이 대회에서 우승을 한다고 해도 전혀 놀라운 일이 아니다.

타타타타타타타탓탓탓탓—

"훗훗… 핫핫… 훗훗……."

무타이와 키메토가 태수를 추월하여 쭉쭉 달려 나갔다.

그들은 태수를 뒤쫓아 오느라 꽤 오버페이스를 했었지만 본의 아니게 잠시 휴식을 취하는 바람에 아주 조금 컨디션이 회복되었다.

그때 케베데가 치고 나갔다.

찻찻찻찻찻찻—

"체가예!"

그런데 베켈레가 급히 소리쳤다. '체가예'는 케베데의 이름이다. 케베데는 힐끗 뒤돌아보고는 속도를 늦추어 태수 오른쪽에서 나란히 달렸다.

베켈레는 태수 왼쪽에서 달리며 이번 대회 들어서 처음으로 태수의 얼굴을 쳐다보았다.

"태수, 컨디션이 좋지 않은가?"

베켈레가 물었다. 만약 베켈레 얼굴에 걱정하는 기색이 없었다면 태수는 아무 대답도 하지 않았을 것이다.

"그래."

베켈레 얼굴이 어두워졌다. 태수를 염려하는 것도 있지만 그것보다는 지금까지 태수가 무슨 작전을 꾸미는 것이라 믿고 기다렸던 일이 허사가 돼버렸다는 게 더 큰 이유다.

베켈레는 자신보다는 조금 전에 달려 나가려는 케베데를 붙잡은 걸 후회했다.

"몸조심해."

베켈레는 그 말을 남기고 속도를 높이려고 했다. 늦기는 했지만 이제라도 힘을 내서 선두를 따라잡으려는 것이다.

"굿 럭."

그런데 태수가 툭 한마디를 던지자 베켈레는 멈칫하고는 태수를 쳐다보며 의아한 표정을 지었다.

"혹시 지금 이러는 거 작전이야?"

"그래."

태수의 대답에 베켈레는 싱긋 미소 지었다.

"위험한 작전이로군."

그때 케베데가 뒤를 힐끗 돌아보았다가 태수를 보며 싱긋 뜻 모를 미소를 지었다.

"태수, 네 러시아 애인이야."

움찔 놀란 태수가 뒤돌아보니까 20m 뒤에서 쇼부코바가 따라오고 있는 모습이 보였다.

태수가 뒤돌아보자 쇼부코바는 몹시 지친 상태에서도 환하게 미소 지으며 손키스를 날렸다.

베켈레가 투덜거렸다.

"태수 넌 에티오피아의 만인의 연인 티루네시를 뺏어가더니 이젠 러시아 만인의 연인마저 가로채는군."

선두그룹은 5명으로 데시사가 조금 앞섰으며 그 뒤에 무사시노, 톨라, 체베르, 마테보의 순서로 치열한 각축전을 벌이고 있다.

3.1㎞ 길이의 센트럴에베레스트 마지막 500m는 매우 가팔라서 지금 이들 5명이 있는 곳에서 꼭대기까지 표고 차가 170m나 된다.

데시사와 무사시노 등은 긴 오르막에 무리하게 선두 다툼을 하면서 오버페이스를 한 탓에 속도가 ㎞당 2분 57초까지 떨어졌으며, 현재도 조금씩 더 느려지고 있는 중이다.

선두그룹 130m 뒤에서 2위 그룹이 맹추격하고 있다. 2위 그룹은 춤바를 비롯한 6명이다.

그들은 현재 ㎞당 2분 54초의 속도이며 아주 더디게 거리를 좁히고 있다.

춤바의 2위 그룹이 속도를 늦추지 못하는 이유는 선두그룹을 따라잡아야 하는 것도 있지만 무타이와 키메토가 15m 뒤에서 바짝 추격하고 있기 때문이다.

세계챔피언 윈드 마스터는 염려하지 않아도 될 정도의 먼 거리에서 느리게 따라오고 있다. 족히 100m는 될 듯한데 조금씩 더 멀어지고 있다.

데시사와 무사시노의 선두그룹은 자기들끼리 각축을 벌이는 한편 2위 그룹에게 쫓기느라 전력을 다하고, 춤바의 2위 그룹은 선두그룹을 따라잡고 3위 그룹인 무타이와 키메토에게 따라잡히지 않으려고 죽을힘을 다하고 있다.

그리고 무타이와 키메토는 이왕 오버페이스를 한 상황이라서 아예 다 추월하여 선두에 나서려고 속도를 늦추지 않았다.

타타타탁탁탁탁—

차차찻찻착착착—

"학학학학학학……."

"헉헉헉헉헉헉……."

17㎞를 막 지난 지점, 가파른 언덕이 시작되는 곳에서 어지러운 발걸음 소리와 거친 숨소리가 울려 퍼지고 있다.

그야말로 혼전(混戰)이다.

이제 18㎞를 지나고 있을 뿐인데 선수들은 35㎞ 이상 달린 것처럼 헐떡거리고 있다.

더구나 선두를 달리던 데시사와 무사시노의 5명은 그때까지 오버페이스를 했던 대가를 이 가파른 500m 언덕에서 톡톡히 치르고 있는 중이다.

속도는 km당 3분 5초로 뚝 떨어졌으며, 그것 때문에 2위 그룹이 50m까지 바짝 가깝게 추격을 하고 있다.

그런데 2위 그룹은 더 이상 춤바가 이끌고 있지 않았다. 2위 그룹은 조금 전에 무타이와 키메토에 의해 박살 났으며, 지금은 무타이, 키메토, 킵초게, 네게세, 키프로티치가 2위 그룹을 이루고 있고, 춤바, 킵상, 키루이 3명이 3위 그룹으로 밀려난 상황에 2위를 탈환하려고 기를 쓰고 있다.

중요한 것은 선두그룹부터 3위 그룹까지 모두의 현재 속도가 km당 3분 10초로 형편없이 떨어졌다는 사실이다.

18km를 달려왔을 뿐인데 이들 모두는 기진맥진한 상태다. 그 이유는 이들이 18km를 결코 평범하게 달려오지 않았기 때문이다.

이것은 태수가 의도했던 일이 아니다. 이런 것까지 내다볼 정도로 그는 천재적이지 않다. 다만 그는 내리막질주에서 시간을 벌면서 35~40km까지 후발주자와의 거리를 최대한 벌리려는 것이 목적이었다.

그런데 이들은 처음에는 태수가 원하는 대로 따르는 것 같더니 이윽고 태수를 추월하고 나서는 자기들끼리 도망치고 뒤쫓으면서 자중지란을 벌이고 있는 것이다.

다들 42.195km를 달리기 위해서 기름을 빵빵하게 채웠겠지만 중간에 연신 터보를 사용하고 급가속을 해댔으므로 아마도 기름이 많이 축났을 것이 분명하다.

탁탁탁탁탁탁—

"후우우… 훅훅… 하아아… 핫핫……."

태수는 베켈레, 케베데, 그리고 5m 뒤에서 따라오는 쇼부코바와 함께 4위 그룹을 형성한 상태에서 꾸준히 km당 3분 3~5초의 속도로 오르막을 오르고 있다.

선두그룹과 2, 3위 그룹하고는 달리 태수는 내리막길에서만 질주하고 평지와 오르막에서는 오히려 느린 속도로 달렸기 때문에 체력이 충만한 상태다.

그리고 베켈레와 케베데는 15km까지는 오버페이스를 했으나 이후 태수와 함께 3km 정도를 달리면서 웬만큼 휴식을 취해서 현재는 아까보다 꽤 좋아졌다.

태수는 쇼부코바가 걱정됐다. 언덕이 많은 보스턴 코스에서 그녀가 지난 대회처럼 줄곧 따라오고 있기 때문이다. 모르긴 해도 현재 쇼부코바는 체력이 많이 소모됐을 것이다.

그녀는 동마에서 태수하고 같이 20km까지 달려서 오버페이스를 했지만 결과적으로는 여자부 우승을 차지했었다. 아마도 그녀는 태수가 참가하는 대회에서는 그를 페메 삼아서 달리는 작전을 구사하는 모양이다.

베켈레와 케베데는 태수의 좌우에서 달리며 자꾸만 그를 쳐다보았다.

전방의 3위 그룹 후미하고의 거리가 60m로 줄어들었기 때문에 지금 속도를 높이면 추월할 수 있다. 그런데도 태수는 지금까지 달려온 속도를 유지한 채 아무런 반응도 보이지 않고 있는 것이다.

베켈레는 조바심을 내지 않았다. 태수를 너무 잘 알고 있기 때문이다.

베켈레는 지금까지 태수하고 5번 마라톤대회에서 경기를 해봤었는데, 그때마다 태수의 작전은 각각 달랐으며 모두 우승을 했었다.

태수가 컨디션이 좋지 않다고 자신의 입으로 말했지만 이번에도 또 우승할 것이라고 베켈레는 짐작했다.

그래서 베켈레는 태수하고 끝까지 같이 가서 기회가 되면 치고 나가서 우승을 노려보고, 그게 여의치 않으면 케베데와 2, 3위를 다투겠다는 생각이다.

4위 태수그룹은 아주 조금씩 3위 그룹과의 거리를 좁히고 있다. 선두에서 3위까지 km당 3분 10초 페이스로 가고 있으므로 현재 3분 5초로 달리고 있는 태수그룹이 야금야금 거리를 줍히고 있는 것이다.

3위 그룹의 춤바 등은 태수그룹이 50m까지 바짝 추격한 것을 보고서도 달아나지 않았다.

속도를 높일 수는 있지만 그렇게 되면 이처럼 가파른 오르막에서 정말 풀 오버페이스가 되어 리타이어하고 말 것이기 때문이다.

태수그룹이 센트럴에베레스트 꼭대기에 올랐을 때에는 선두그룹과 2, 3위 그룹이 이미 언덕을 넘어 내리막을 달려 내려가고 있는 중이다.

하지만 그들은 별로 속도를 내지 못했다. 3.1㎞ 길이의 센트럴에베레스트를 넘느라 오버페이스를 한 탓에 기진맥진했기 때문이다.

내리막길이라고 해서 가만히 있어도 저절로 굴러 내려가는 것이 아니다.

오르막에는 체력이 필요하지만 내리막길에서는 체력과 기술 두 가지가 다 필요하다.

그 둘 중 하나만 부족해도 내리막길을 제대로 이용하지 못할뿐더러 자칫 사고를 부르기 십상이다.

산이 높으면 계곡이 깊게 마련이다. 센트럴에베레스트의 마지막 500m가 가파르고 높았던 만큼 내리막길은 거의 깎아지른 듯한 수준이다.

왜냐하면 오르막은 3.1㎞인 데 비해서 내리막은 1.7㎞밖에 안 되기 때문이다. 게다가 오르막의 시작점보다 내리막의 바닥이 훨씬 더 낮다.

선두그룹과 2, 3위는 조금 전에 올랐던 센트럴에베레스트보다 이 내리막길을 달려 내려가는 것을 더 어려워했다. 속도는 오르막보다 조금 더 낼 수 있지만 발을 헛딛거나 무릎이 꺾여서 엎어지지 않으려고 노심초사하고 있다.

"Go."

오르막 꼭대기에 오른 태수는 짧게 말하고는 깎아지른 듯한 내리막길을 나는 듯이 질주했다.

타타타타타타탁탁탁탁탁―

베켈레와 케베데는 여기까지 태수하고 같이 오면서 그에게 아무 말도 듣지 못하다가 갑자기 'Go' 소리를 듣고 정신이 번쩍 들었다.

아니, 그들이 정신이 들었을 때 태수는 이미 내리막길 20m 앞을 바람처럼 달려 내려가고 있는 중이다.

베켈레와 케베데는 태수의 작전이 무엇인지 전혀 모르고 있다가 이제야 비로소 알게 되었다. 내리막길에서 전력으로 질주를 하는 것이다.

깎아지른 내리막길이 1.7㎞ 줄곧 이어지는 것이 아니라 첫 내리막길은 550m이고 평지로 300m쯤 가다가 다시 곤두박질치는 듯한 내리막길이 850m 가량 뻗어 있다.

태수는 첫 번째 내리막길 550m를 ㎞당 2분 30초의 무시무시한 속도로 내리꽂혀서 3위 그룹과 2위, 선두그룹을 차례로 따돌렸다.

세계 최정상급 마라토너라고 해도 이런 급경사 내리막길에서는, 더구나 기진맥진한 몸 상태로는 ㎞당 2분 55초 이상 속도를 낼 수가 없기에 태수가 자신들을 추월하여 멀어지는 모습을 빤히 바라볼 수밖에는 달리 도리가 없다.

무타이와 키메토, 무사시노, 데시사, 춤바 등은 로켓처럼 빠르게 멀어지는 태수를 뒤쫓고 싶은 마음은 굴뚝같지만 몸이 마음처럼 따라주지 않았다.

센트럴에베레스트를 오버페이스로 오르느라 다리에 힘이 풀리고 숨이 턱까지 찬 상태라서 내리막길을 달리면서 잠깐이라도 휴식을 취할 수밖에 없는 상황이다.

그런 그들을 다시 한 번 물 먹이는 상황이 일어났다.

차차차챳챳챳챳챳챳—

힘이 넘치는 베켈레와 케베데가 그들 옆으로 쏜살같이 달려 내려갔다. 두 사람의 속도는 못해도 ㎞당 2분 40초는 되는 것 같았다.

무타이와 키메토는 멀어지는 베켈레와 케베데를 보면서 착잡한 심정을 떨치지 못했다.

쇼부코바는 센트럴에베레스트 뒤편 내리막길에서 태수를 놓치고 말았다. 그렇다고 해도 그녀는 최선을 다해서 따라왔다.

태수는 하프 21.0975㎞를 1시간 1분 13초에 통과했다. 스타트해서 하프까지 ㎞당 평균 속도 2분 54초다.

하프는 풀코스의 딱 절반이니까 ×2하면 2시간 2분 26초에 골인한다는 건데, 그건 그저 산술적인 계산일뿐이다. 마라톤은 전반보다 후반이 힘들어서 후반 기록이 몇 초라도 늦게 마련이다.

더구나 보스턴마라톤대회 코스는 후반에 가파른 언덕들이 대거 몰려 있다.

태수는 센트럴에베레스트 뒤편 1.7㎞ 내리막길에서 2위 그룹을 450m까지 떨어뜨려 놓고 선두로 내달렸다.

베켈레와 케베데는 내리막길을 다 내려온 후 평지에서 속도를 높여 태수와 합류하여 선두그룹을 형성했다.

내리막길을 다 내려온 태수는 평지에서의 속도 ㎞당 2분 55초로 달렸으며, 베켈레와 케베데는 내리막길에서 태수하고 벌어졌던 거리를 평지에서 좁혔다.

태수그룹이 평지에서 km당 2분 55초로 달리는데도 2위 그룹을 형성하고 있는 무타이와 키메토, 데시사는 450m의 거리를 좀처럼 좁히지 못하고 있다.

무타이의 2위 그룹은 선두를 따라잡기 위해서 km당 2분 53초의 속도로 달리고 있다.

그건 풀코스를 2시간 1분대에 주파할 수 있는 속도이기 때문에 결코 느리다고 할 수 없다.

더구나 오버페이스를 거듭한 무타이의 2위 그룹이 낼 수 있는 최고 속도이며 그 역시 오버페이스다.

무타이의 2위 그룹은 태수그룹보다 km당 2초 빠르고, 초속 5.78㎧이기 때문에 1km에 기껏 11.6m 좁히고 있는 것이 고작이다.

타타탁탁탁탁탁탁―

베켈레와 케베데는 태수의 좌우에서 달리며 감탄하는 표정으로 태수 얼굴을 자꾸만 쳐다보았다.

두 사람은 이제야 태수의 작전을 확연히 알게 되었다. 내리막길에서는 전력으로 질주하고, 평지에서는 km당 2분 55초, 오르막은 3분~3분 5초의 속도로 달리는 것이다.

베켈레와 케베데는 내리막길에서 도저히 태수만큼의 속도를 낼 수 없지만, 그것만 아니면 35km까지는 어떻게든 태수하고 함께 달릴 수 있을 것이라고 생각했다.

베켈레는 앞으로 5개의 제법 큰 내리막길이 더 남아 있다는 사실을 알고 있다.

그중에서 2개의 내리막길은 완만한 경사에 2개 다 길이가 1.5㎞ 정도로 매우 길다.

그리고 다른 3개는 길이는 500~600m이지만 보스턴마라톤대회 전 코스를 통틀어서 가장 가파른 내리막길이다.

베켈레는 그 5개의 내리막길에서 도저히 태수를 따라가지 못할 것이다.

그러나 동전의 앞면이 있으면 뒷면도 있는 법. 내리막길만 있는 게 아니라 4개의 큰 오르막도 있다.

만약 태수가 거기에서도 ㎞당 3분~3분 5초의 속도로 달린다면 베켈레에게도 기회가 생길지 모른다.

아까 베켈레가 컨디션이 좋지 않느냐고 물었을 때 태수는 그렇다고 대답했었다.

베켈레가 생각하기에 태수의 그 대답은 솔직한 것 같다. 그렇기 때문에 태수는 이번 대회에서 정공법으로 가지 않고 '내리막길 전력 질주, 평지 평균속도, 오르막 저속'이라는 편법을 전개하고 있는 것이다.

베켈레는 초반에 오버페이스를 해서 체력을 낭비했지만 현재는 정상 컨디션으로 회복된 것 같다.

5개의 내리막길에서는 태수가 빠를 테고, 4개의 오르막에서는 베켈레가 빠를 것이다.

태수만 늘 우승하라는 법은 없다. 그는 신의 영역이라는 2시간대의 벽을 깬 것으로도 모자라서 1시간 58분대의 엄청난 세계신기록을 세웠으니까 이번 대회 하나쯤은 베켈레에게 우승을 양보해도 될 것이다.

사실 태수는 베켈레나 케베데가 필요 없겠지만, 베켈레와 케베데는 지금으로선 태수가 절실하게 필요하다. 태수만큼 훌륭한 페메는 세상천지 어디에도 없다.

문제는 어디까지 태수하고 같이 가느냐다. 베켈레가 이번 대회에서 우승을 노린다면 후반 어디쯤에서는 반드시 태수를 떼어놓고 혼자 질주해야만 한다.

곰곰이 궁리하던 베켈레는 컨디션이 좋지 않은 태수에게 가장 힘겨울 난코스를 승부처로 결정했다.

'좋아! 상심의 언덕이다.'

와아아아― 꺄아아아아!

전방에서 들려오는 함성이 예사롭지가 않다. 청명한 하늘로 울려 퍼지는 것은 여자들의 함성이다.

웨슬리여자대학교가 가까워지고 있다는 증거다. 이곳을 일명 '키스미존(Kiss me zone)'이라고 부른다.

웨슬리여자대학교 여대생들이 마라톤 주자들에게 키스를 퍼부어주는 장소인 탓이다.

길가에 진을 치고 있는 수백 명의 젊고 아름다우며 싱싱한 여대생들이 주자들이 속도를 늦추고 길가로 다가가면 주저 없이 달려들어 마구 키스를 퍼부어준다.

상대가 늙었든 젊었든 가리지 않는다. 그녀들은 마치 누가 주자들에게 가장 많이 키스를 하나 내기를 하는 것 같다.

여대생들은 하나같이 자신들이 키스를 해야만 하는 합당한 이유를 적은 피켓을 들고 적극적으로 남자 주자들을 온몸으로 부르면서 키스를 해주겠다고 소리친다.

그래서 이 '키스미존'은 보스턴마라톤대회에 참가하는 모든 남자 선수의 최대 관심 지역이다.

일설에 의하면 이곳에서 주자들에게 많은 키스를 해주어야지만 나중에 시집을 잘 간다는 속설이 있다고 한다.

클린튼 힐러리 여사의 모교이기도 한 웨슬리여자대학교 앞 '키스미존'으로 태수그룹이 달려가자 여대생들의 함성이 극에 달했고, 제각기 손에 쥐고 있는 작은 피켓을 흔들면서 '키스미'를 외쳤다.

피켓에는 'kiss me now', 'if you run fast enough we'll DROP the signs' 등등의 글이 적혀 있다.

타타타탁탁탁탁탁—

태수가 웨슬리여자대학교 앞을 통과하려 할 때 갑자기 여대생들이 일제히 외쳤다.

"Hey! We love wind master! blow a kiss of love!"

그러더니 모든 여대생이 태수그룹을 향해 한꺼번에 손키스를 날리고 나서 와아아아! 하고 다시 함성을 터뜨렸다.

베켈레와 케베데는 싱긋 미소를 짓고, 태수가 오른손으로 정중히 손키스를 보내자 여대생들은 또다시 꺄아아아악! 하고 자지러지는 환호성을 터뜨렸다.

태수그룹은 5개의 내리막길 중에서 2개를 지났다.

첫 번째는 25㎞. 두 번째는 30㎞에 있었다. 그러면서 3개의 언덕을 넘었다.

앞으로 남은 내리막길은 2개이고 언덕은 하나뿐이다. 그러나 마지막 그 언덕이 지금까지의 모든 언덕을 다 합친 것보다 넘기 어려울 것이다.

왜냐하면 그 언덕이 바로 모든 마라토너의 공포의 대상인 '상심의 언덕' 혹은 '심장 파열의 언덕'이기 때문이다.

현재 31㎞를 지나고 있는 시간은 1시간 30분 46초. 평균 속도 ㎞당 2분 56초니까 결코 느리지 않다. 오히려 이 속도로 줄곧 달리면 피니시라인을 2시간 3분대에 골인할 수 있는 빠른 속도다.

그러나 태수가 지금 이 속도로 달린다면 아마도 2시간 4분대에 골인하게 될 것 같다.

원래 70%였던 컨디션이 후반으로 갈수록 좀 더 나빠질 것이기 때문이다.

베켈레와 케베데는 마치 말 잘 듣는 학생처럼 태수 좌우에서 얌전히 잘 달리고 있다.

두 사람은 날카로운 발톱을 감추고 있지만, 그런 사실을 태수가 모를 리 없다. 이곳은 전쟁터이고 모두 적뿐, 친구는 한 명도 없기 때문이다.

타타탁탁탁탁탁탁—

"후우우… 훅훅… 하아아… 핫핫……."

태수는 고른 호흡을 하면서 전방에 나타난 길고 가파른 언덕을 쳐다보았다. 상심의 언덕이 드디어 모습을 드러냈다.

1936년 보스턴마라톤대회 우승자는 '타잔 브라운'이라는 아메리카 인디언 러너였었다.

그때까지만 해도 무명 선수였던 타잔 브라운이 스타트하자마자 정신없이 빠른 페이스로 달리기 시작했을 때 아무도 그가 끝까지 달릴 것이라고 믿지 않았다.

그중의 한 사람이 보스턴마라톤대회의 전설이자 전년도 우승자, 그리고 그 해의 강력한 우승 후보인 '존 켈리'였다.

존 켈리는 27㎞ 지점에서 느려진 타잔을 추월하면서 여유 있게 미소를 지었다.

'그 정도면 잘한 거다, 타잔'이라고 그 미소는 말하는 것 같았다.

그런데 어디에서 힘이 솟았는지 타잔이 갑자기 속도를 높여 존 켈리를 따라붙기 시작했으며, 쫓기던 존 켈리는 32㎞ 지점의 길고도 가파른 언덕을 넘지 못하고 다리에 쥐가 나서 주저앉고 말았다.

결국 타잔은 존 켈리를 추월했으며 당당히 우승을 했고, 존 켈리는 뛰다가 걷기를 반복하면서 치욕의 5위라는 성적을 거두었다.

그 당시 언덕에서의 장면을 취재했던 한 기자가 '타잔이 켈리의 마음을 다치게 했다'고 한 말이 전해지면서 그때부터 이 언덕을 '상심의 언덕(Heartbreak Hill)'이라고 불렀다는 것이다.

그래서 지금도 이 상심의 언덕에 응원 인파가 가장 많다. 그리고 그들은 걷거나 주저앉는 마라토너들에게 열렬한 박수를 보내면서 응원을 한다.

'걷지 마세요! 당신은 할 수 있어요! 이제 다 왔어요! 조금만 가면 돼요!'라고 말이다.

상심의 언덕이 두려운 존재가 된 이유는 언덕이 길고 가파르다는 것 말고 더 중요한 게 있다.

모든 마라토너의 피로가 극에 달하고 에너지가 고갈되기

시작하는 32㎞ 지점에 위치하고 있다는 사실이다.

선수마다 다르지만 대부분 30㎞부터 피로 누적과 에너지 고갈로 몸의 이상을 느끼기 시작하다가 결국 32~35㎞에서 마의 벽에 부닥치게 되는 것이다.

그런데 상심의 언덕이 32㎞ 지점에 위치해 있다는 사실이 중요하다.

그것은 보통 32㎞ 이후에 마의 벽에 부닥치는 선수들을 더욱 힘들게 만들어서 이 언덕을 오르는 도중에 강제로 마의 벽에 부닥치게 만들기 때문이다.

말하자면 아직 버틸 힘이 조금 남아 있는 선수들마저도 상심의 언덕에서 마의 벽에 부닥치게 해서 끝내는 리타이어시킨다는 것이다.

'저기에서 마의 벽에 부닥치지만 않으면 된다. 어떻게 해서든지 무사히 통과해야지만 후반 스퍼트를 할 수 있다.'

태수는 점점 가까워지는 상심의 언덕을 주시하면서 각오를 새롭게 다졌다.

상심의 언덕이 두렵기는 베켈레와 케베데도 마찬가지다. 만약 저기에서 두 사람이 마의 벽에 부닥친다면 후반에 태수를 이겨보려는 계획이 물거품이 돼버리고 만다.

드디어 상심의 언덕 구간이 시작됐다.

상심의 언덕은 3개의 구간으로 나누어진다. 첫 번째 구간은 32㎞에서 시작되어 50m 높이 250m 길이의 가파른 오르막이고, 거길 올라서면 두 번째 구간인 완만하고 긴 경사가 무려 1.5㎞나 이어지는데 대부분의 마라토너가 이 구간에서 퍼진다.

시작 구간인 50m 높이 250m 구간에서 진이 다 빠졌는데 또다시 1.5㎞나 되는 길고 긴 언덕을 달리다 보면 마지막 한 움큼의 체력마저 바닥이 나버리고, 게다가 마의 벽까지 부닥치면 그걸로 끝장이기 때문이다.

경사도가 완만하다고 해서 달리기 쉬운 게 아니다. 그런 오르막은 사람을 아주 천천히 녹초로 만들어 버린다.

그렇게 1.5㎞ 완만한 오르막에서 살아남은 선수들은 마침내 상심의 언덕을 '심장파열언덕'이라고 부르게 만든 세 번째 구간이며 최후의 오르막에 직면한다.

장장 670m에 달하는 이 길고도 가파른 오르막은 그나마 남아 있는 선수들의 인내심과 체력을 완전히 소진시켜 버린다.

탁탁탁탁탁탁탁—

"훅훅… 핫핫… 훅훅… 핫핫……."

태수는 지금까지의 오르막을 ㎞당 3분 3~5초의 속도로 올랐으나 상심의 언덕은 시작부터 3분 10초로 잡고 달리기 시작했으며 호흡도 2박자 호흡으로 바꾸었다.

스트라이드를 자신의 키보다 작은 175㎝로 잡았기 때문이다. 오르막에서 스트라이드가 크면 클수록 더 빨리 지친다는 사실은 상식이다. 짧은 스트라이드로 피치를 빠르게 하는 편이 체력을 덜 소모시킨다.

현재 태수가 조심해야 할 것은 하나다. 자신도 모르게 속도가 빨라지고 스트라이드가 커지는 것만 신경 쓰면 된다.

무조건 상심의 언덕 구간에서 마의 벽을 비껴가야만 한다. 그러기 위해서는 모든 수단을 다 동원할 것이다.

베켈레와 케베데는 태수의 속도가 뚝 떨어지는 것을 알았지만 첫 번째 구간 50m 높이 250m 길이의 오르막에서는 묵묵히 태수의 좌우를 지키면서 달렸다.

탓탓탓탓탓탓─

오르막이 얼마나 높은지 발의 앞부분만 바닥에 닿는다. 이건 마치 등산을 하는 것 같다.

그때 케베데가 힐끗 뒤돌아보고 나서 뭐라고 말하자 베켈레도 뒤돌아보았다.

뒤쪽 저 멀리 내리막길을 달려 내려오고 있는 2위 그룹이 보였지만 300m 이상의 먼 거리라서 누군지 알 수는 없다.

태수의 선두그룹이 상심의 언덕 첫 번째 구간을 힘겹게 오르는 동안 2위 그룹은 내리막길을 질주하여 선두그룹과의

450m 거리를 많이 좁혔다.

아마도 태수그룹이 상심의 언덕을 오르는 동안 2위 그룹은 거리를 더 좁힐 것이다.

그렇기 때문에 베켈레와 케베데는 더욱 태수를 버리고 더 멀리 달아나야만 한다.

태수 말대로 오늘 그의 컨디션이 좋지 않다면 그는 상심의 언덕에서 최대의 고비를 맞이할 것이다.

첫 번째 오르막을 오르고 나서 완만한 1.5km의 오르막이 시작되는 지점인데도 태수는 여전히 km당 3분 10초의 속도로 달리고 있다. 첫 번째 가파른 오르막에서의 속도 그대로 유지하고 있다.

이윽고 운명의 시간이 왔다고 판단한 베켈레가 말없이 속도를 높여서 km당 3분 속도로 쑥 달려 나가기 시작했다.

착착착착착착착—

베켈레의 발걸음 소리가 태수 귀를 울렸다.

베켈레는 태수를 쳐다보지 않고 그대로 앞만 보고 달렸다.

그걸 보고 이번에는 케베데가 특유의 종종걸음 주법으로 쏘아낸 화살처럼 튀어 나갔다.

찻찻찻찻찻찻찻—

태수는 그런 베켈레와 케베데를 보면서도 마치 감정이 없는 사람처럼 무심한 얼굴이다.

그들이 끝까지 같이 갈 것이라고 예상하지 않았으며, 언젠가는 도발을 할지도 모른다고 예상했었는데 그때가 바로 지금일 뿐이다.

이번 대회에서의 태수는 예전 여타 대회하고는 전혀 다른 모습을 보이고 있다.

평지에서는 km당 2분 55초, 오르막에서는 3분 3~5초를 꾸준히 유지하고 내리막길에서 질주하여 까먹은 시간을 벌충하는 작전을 구사했다.

베켈레와 케베데는 바보가 아니다. 태수 스스로 오늘 컨디션이 좋지 않다고 말했으며, 그걸 뒷받침하듯 달리는 모습이 예전 같지 않기 때문에 도발을 시도한 것이다.

그러나 베켈레와 케베데로서는 대단한 모험이다. 보스턴마라톤대회에서 이 상심의 언덕이 마지막 오르막이고 그다음부터는 줄곧 내리막길이다.

작은 언덕이 3개 있지만 말 그대로 아주 작아서 15~30초면 오르내릴 수 있는 규모다. 그것만 빼면 35km에서 피니시까지 전부 내리막길이다.

그러니까 만약 태수가 무사히 상심의 언덕 꼭대기에 오른다면, 그다음부터는 무섭게 내리막길을 질주할 것이다.

베켈레와 케베데는 이 상심의 언덕에서 태수하고 최대한 거리를 벌려놓아야만 한다.

어설프게 벌렸다간 태수에게 덜미를 잡힐 뿐만 아니라 도망치다가 체력 소모가 극심해져서 자칫 2위 그룹에게 붙잡힐 수가 있다.

태수는 베켈레와 케베데가 점점 속도를 높여서 ㎞당 2분 45초의 놀라운 속도로 완만한 오르막을 쏜살같이 질주하는 것을 묵묵히 응시했다.

그러면서도 태수는 속도를 3분 10초로 유지하면서 더 빨라지지 않도록 주위를 기울였다.

잠깐 사이에 베켈레와 케베데는 태수에게서 멀어지더니 30m 이상 벌어졌다.

태수는 어쩌면 상심의 언덕 구간을 오르는 동안 2위 그룹이 자신을 추월할 수도 있다는 가능성을 열어두었다.

설사 그렇다고 해도 속도를 높일 생각은 없다. 무조건 상심의 언덕을 무사히 넘어야지만 우승 가능성이 있다.

이곳에서 마의 벽에 부닥치기라도 한다면 그걸로 보스턴마라톤대회는 포기해야만 한다.

상심의 언덕을 넘기만 하면 피니시까지 줄곧 내리막길이기 때문에 마의 벽에 부닥친다고 해도 관성의 힘으로 ㎞당 2분 50초까지는 달릴 수 있을 터이다.

두 번째 오르막인 1.5㎞의 마지막에 도달했을 때 34㎞ 팻말이 나타났다.

선도차는 베켈레와 케베데 앞쪽을 달리고 있으므로 태수로서는 손목시계를 봐야만 했다. 1시간 40분 17초. 스타트해서 여기까지 km당 2분 59분의 속도다. 많이 느려졌다.

아까 31km에서 1시간 30분 46초였는데 3km를 달리는 동안 9분 31초나 걸렸다.

상심의 언덕 오르막을 km당 3분 17초에 달렸다는 얘기다. 느려도 너무 느린 속도다.

태수 자신은 3분 10초의 속도라고 생각했는데 아마도 체감 속도 기능이 잘못된 것 같다.

그렇지만 상심의 언덕에서는 빠르게 달리다가 마의 벽에 부딪쳐서 리타이어하는 것보다 느리게 달려서 휴식을 취하며 동시에 마의 벽을 비껴가는 것이 더 중요하다.

여기에서 마의 벽에 부닥치면 그걸로 끝이지만, 어떻게 해서든지 비껴가기만 한다면 가능성이 남아 있다.

태수가 상심의 언덕 마지막 오르막 구간이 시작하는 지점에 도달했을 때 베켈레와 케베데는 오르막 중간쯤을 오르고 있는데 태수로부터 350m 이상의 거리를 벌려놓았다.

그런데도 베켈레와 케베데는 km당 2분 50초의 빠른 속도로 상심의 언덕 마지막 구간을 힘차게 달려 오르고 있다.

탁탁탁탁탁탁탁—

"후훅… 하핫… 후훅… 하핫……."

태수가 상심의 언덕 마지막 구간 중간쯤 오르고 있을 때 2위 그룹이 그를 추월했다.

무타이, 키메토, 킵상, 데시사가 차례로 태수 옆을 스쳐서 지나고 있는데 뜻밖에도 마지막에 무사시노의 모습이 보였다.

무타이와 키메토, 킵상, 데시사는 태수를 스쳐 지나면서 그를 한 번씩 쳐다봤지만 태수는 앞만 보면서 달렸다. 앞을 보고 있어도 누가 스쳐 지나는지 알 수가 있다.

그러나 마지막 무사시노가 쳐다볼 때는 태수도 부지중에 그를 마주 쳐다보았다.

무사시노는 스타트할 때보다 10년쯤 더 늙은 얼굴에 소금 알갱이가 다닥다닥 붙은 모습으로 태수를 쳐다보며 얼굴을 일그러뜨렸다.

제 딴에는 득의한 미소를 짓는 것인데 태수가 보기에는 고통스러운 표정 같았다.

무타이에서 무사시노까지 5명으로 구성된 2위 그룹은 km당 2분 55초 정도의 속도로 달리면서 3분 15초 이하로 달리고 있는 태수를 뒤로 쭉쭉 밀어내며 위로 달려 올라갔다.

제43장
다시 20살이 된다면

상심의 언덕 마지막 오르막구간에서 3위 그룹까지 태수를 추월했다.

베켈레와 케베데부터 친다면 모두 12명이다.

그러고 나서 태수가 다시 3위 그룹의 2명을 추월했다. 태수가 속도를 올린 것이 아니라 극도로 기진맥진한 2명이 한 명은 길바닥에 주저앉았고 다른 한 명은 터벅터벅 걷기 시작했기 때문이다.

그 2명은 태수를 추월하는 것까진 괜찮았는데 그러고 나서 오버페이스가 극에 달했든지 아니면 마의 벽에 부닥친 것 같았다.

주저앉아서 헐떡거리고 있는 체베르 옆을 태수는 묵묵히 달려 오르막의 꼭대기를 향했다.

걷고 있는 것은 네게세다. 태수가 옆으로 지나가자 힐끗 돌아보더니 이를 악물고 다시 뛰기 시작했다.

그러나 열 걸음도 가지 못해서 헐떡이더니 햄스트링을 부여잡고 절뚝거렸다. 그런 걸 보면 체베르나 네게세 둘 다 마의 벽이 분명했다.

태수 앞에는 10명의 선수가 있지만 모두 오르막을 넘었기 때문에 여기에서는 보이지 않았다.

탁탁탁탁탁탁탁탁—

"후훅… 학학… 훅훅… 하핫……."

태수는 마침내 심장 파열의 언덕 꼭대기에 올라섰다.

와아아아—

"윈드 마스터! 한태수!"

거리 양쪽에 모여든 수백 명의 시민이 세계챔피언에게 열렬한 응원을 보내고 있다.

시민들의 눈에는 세계챔피언이 리타이어하기 직전의 안타까운 모습으로 보일 것이다.

태수는 흐릿하게 안도의 표정을 지었다. 다행히 상심의 언덕을 오르는 동안 마의 벽에 부닥치지 않았다. 극도로 조심하고 천천히 달린 덕분이다.

상심의 언덕 꼭대기에는 평지가 250m쯤 이어진다. 태수 앞 150m 거리에 3위 그룹 2명이 달리고 있으며, 2위 그룹과 선두는 보이지 않았다.

태수는 km당 2분 55초 평지의 속도로 달려 나갔다. 3분 10초 이하의 속도에서 2분 55초로 올리니까 매우 빨리 달리는 기분이 들었다.

3위 그룹은 톨라와 마테보이며 태수와의 거리가 조금씩 좁혀지는 것으로 봐서 km당 3분 이하의 속도인 듯했다. 태수를 추월하긴 했어도 상심의 언덕을 오르느라 극도로 지쳤거나 아니면 마의 벽에 빠진 것 같았다.

태수는 250m 길이의 평지를 달리면서 앞으로 남은 구간을 머릿속으로 그리며 어떻게 달려야 할지 차근차근 치밀하게 계산을 했다.

태수는 이윽고 평지의 끝자락에 이르렀다. 발아래로 브루클린 시가지 전경이 한눈에 내려다보였다.

'자, 이제부터 승부다.'

그는 내리막길을 향해 발걸음을 옮기면서 이제부터 자신의 남은 모든 힘을 쏟아내리라 각오를 다졌다.

타타타타타타타탁탁탁탁탁—

태수의 두 발이 힘차게 지축을 울리며 가파른 내리막길 아래로 곤두박질쳤다.

저 아래 100m 거리에 3위 그룹인 톨라와 마테보가 있고 그 앞쪽 거리가 어느 정도인지 제대로 잴 수도 없을 만큼 먼 거리에 2위 그룹이 가물가물 보였다.

물론 선두는 아예 보이지도 않았지만 베켈레와 케베데가 가장 앞서 달리고 있을 것이다. 시간상으로나 거리상으로나 2위 무타이, 키메토들이 베켈레와 케베데를 추월했을 가능성은 제로에 가깝다.

앞으로 피니시까지 남은 거리는 약 7.5㎞. 태수는 그 안에 선두그룹과 2, 3위 그룹 10명을 모조리 잡아야 한다.

10명 중에서 단 한 명이라도 놓친다면 우승하지 못할 테고 그러면 세계6대메이저마라톤대회 전체 석권 그랜드슬램이라는 목표가 와해되고 만다.

태수에게는 '내년'이나 '다음'이라는 말이 존재하지 않는다. 반드시 올해, 아니, 이번 4월에 보스턴마라톤대회와 런던마라톤대회에서 우승을 차지해야만 한다.

이번에 실패하면 다시 2년 동안 새로 시작해야 하는데 그럴 생각은 전혀 없다.

그는 마라톤 2시간대 돌파와 세계6대메이저마라톤대회 그랜드슬램이라는 두 개의 목표를 세웠으며, 그중에 2시간대의 벽을 깼으니 이제 그랜드슬램 하나만 남았다.

내리막길에서는 태수만 빠른 것이 아니다. 특히 상심의 언덕 뒤편처럼 깎아지른 내리막길은 후반에 들어선 모든 선수에게 시간을 줄이고 앞선 선수와의 거리를 좁힐 수 있는 신의 은총 같은 절호의 찬스다.

모두들 km당 2분 50초 이상의 빠른 속도로 피니시를 향해 질주하고 있다.

태수에게도 내리막길은 절호의 찬스다. 다만 같은 내리막길이지만 다른 선수들과 다른 점은 태수가 더 빠른 속도로 달릴 수 있다는 점이다.

모든 선수가 내리막길의 특성을 50~70% 활용한다면, 태수는 100% 최대한 활용한다.

그것이 태수에겐 최후의 무기다. 그게 실패하면 우승은 물 건너가는 것이다.

내리막길을 달려 내려가기 시작한지 10초 만에 태수의 속도는 km당 2분 40초가 되었으며, 15초에는 2분 35초, 그리고 20초가 지날 때에는 2분 30초의 속도로 적진을 향해 돌진하는 전투기처럼 내리꽂혔다.

지금 이 순간의 질주를 위해서 태수는 상심의 언덕 길고도 가파른 오르막을 km당 3분 5~15초의 속도로 느릿느릿 달렸었다.

그래서 베켈레와 케베데가 자신을 버리고 달아나는 것도, 많은 선수가 추월하여 앞서 달리는 모습을 보면서도 묵묵히 참아냈었다.

타타타타탁탁탁탁탁—

"훗훗… 핫핫… 훗훗… 핫핫……."

태수는 2박자 호흡을 짧게 하면서 스트라이드를 무려 215㎝로 최대한 늘리고 그러면서도 피치는 분당 198회나 하면서 마치 스키를 타고 활강을 하듯 내리막길을 내달렸다.

다른 선수들은 이처럼 가파른 내리막길에서 엎어지지 않으려고 발뒤꿈치로 브레이크를 걸면서 달리지만, 죽령재에 비하면 새 발의 피인 이런 내리막길에서의 태수는 그저 윈마주법을 최대한 발휘하여 바람처럼 질주한다.

지금 이 순간 태수는 바람을 지배하는 바람의 마스터다.

휘익! 휙!

3위 톨라와 마테보는 자신들의 옆을 스쳐 지나가는 태수가 너무 빨라서 그의 얼굴을 보지도 못했다.

그를 보려고 했을 때에는 태수는 이미 뒷모습을 보이면서 10m 앞에서 질주하고 있다.

태수는 상심의 언덕 뒤편 가파른 내리막길에서는 3위 그룹만을 추월했다.

2위 그룹 5명은 얼마나 멀리 달아났는지 보이지 않는다. 내리막길에서 그들은 전력을 다해 달린 것 같다.

태수 앞에는 아무도 보이지 않는 평지가 350m쯤 펼쳐져 있다. 2위 그룹은 최소한 350m보다 더 먼 곳에서 달리고 있다는 뜻이다.

이 평지에서 태수는 km당 2분 55초라는 평지의 속도를 지키지 않고 달렸다.

이젠 전쟁의 막판이다. 여기에서 거리를 좁히지 못하면 죽도 밥도 안 된다.

그가 세운 평지와 오르막의 속도는 이제 지킬 필요가 없다. 무조건 전력으로 달려야만 한다.

탁탁탁탁탁탁탁―

"훅훅… 핫핫… 훅훅… 핫핫……."

태수는 350m 길이의 평지를 km당 2분 45초의 속도로 달려나갔다. 더 빠르게 달릴 수 있지만 또 다른 내리막길을 위해서 에너지를 남겨둬야만 한다. 달리면서 그는 치밀한 계산에 계산을 거듭했다.

'도대체 얼마나 멀리 도망친 거냐?'

36km 팻말을 지나면서 태수는 초조함 때문에 피가 마르는 듯한 기분에 빠졌다.

오늘 이 대회에서 세계 최정상급 선수들은 태수만 빼고 모두 오버페이스를 했다.

오버페이스에 오버페이스를 더한 선수들도 있고, 아예 풀 오버페이스를 한 선수들도 있다.

그런데도 36㎞ 이후에 그들이 이렇게 잘 달릴 수 있다니 쉽게 믿어지지가 않았다.

36㎞까지 얼마나 걸렸는지 궁금하지도 않다. 이 대회는 시간보다는 우승이 목표다.

그러다가 태수는 문득 한 가지 사실을 깨달았다.

'이런 멍청하게……'

태수는 처음부터 평소 컨디션의 70%만으로 경기에 뛰어들었다. 그러니까 무타이나 키메토 등 최정상급 선수들이 오버페이스에 오버페이스를 더했다고 해도 태수보다 더 나쁜 컨디션이 되지는 않았을 거라는 얘기다.

그렇다면 지금 현재 무타이들은 태수보다 조금이라도 나은 컨디션이거나 비슷한 컨디션이라고 봐야 한다.

이제 피니시까지 6㎞밖에 남지 않은 상황에 태수는 자신과 비슷하거나 조금 더 나은, 그리고 매우 멀리 앞서 달리고 있는 7명의 세계 최정상급 마라토너를 상대해야만 하는 것이다.

거기까지 생각이 미친 태수는 더 이상 에너지를 아끼는 멍청한 짓을 하지 않았다.

이제 남은 방법은 단 하나. 젖 먹던 힘을 쥐어짜내서 최대한 빠른 속도로 질주하는 것뿐이다.

평지가 끝나고 내리막길이 나왔다. 가파른 200m 남짓의 내리막길 아래에는 야트막한 내리막길 직선도로가 2㎞나 길게 뻗어 있어서 그곳을 달리고 있는 선두그룹과 2위 그룹의 모습이 아스라이 내려다보였다.

태수가 봤을 때 선두그룹과 2위 그룹과의 거리는 100m 정도인 것 같다. 2위 그룹이 베켈레와 케베데의 선두그룹과의 거리를 많이 좁혔다.

선두그룹이나 2위 그룹은 이제 태수가 추월할 것이라고는 절대로 염려하지 않을 것이다.

2위 그룹과 태수의 거리가 무려 500m 이상이기 때문이다. 앞으로 남은 6㎞에서 태수가 500m를 좁힐 수 있는 가능성은 0%다. 최소한 2위 그룹은 그렇게 생각하고 있다.

어느 누가 보더라도, 그리고 태수가 제아무리 2시간대의 벽을 깬 세계챔피언이라고 해도 2위 그룹하고 500m 거리를, 더구나 선두그룹하고는 600m나 되는 먼 거리를 좁혀서 우승할 수 있을 것이라고는 가능성조차도 제시하지 않았다.

태수는 자신의 70%뿐인 체력과 오버페이스를 한 선두, 2위 그룹이 지금쯤은 비슷한 상황이 됐을 거라고 생각했다.

다른 게 있다면 2위와 선두그룹하고 각각 500m, 600m의 좁혀야 할 거리가 있다는 사실과 앞으로 남은 6㎞의 거리가 거의 내리막길이라는 사실이다.

내리막길을 달려 내려가면서 태수는 눈을 부릅떴다.

'잡는다!'

아주 새로운 각오, 지금까지 한 번도 느껴보지 못했던 활화산 같은 승부욕이 폐부 밑바닥에서부터 활활 타올라 그의 몸을 태웠다.

승부욕이라는 것은 언제나 좋은 느낌이다. 태수는 이런 느낌을 사랑한다.

타타탓탓탓—

태수는 발끝으로 힘차게 아스팔트를 박차면서 총알처럼 내리막길을 질주했다. 발끝이 아주 살짝살짝 아스팔트에 닿아 박차면서 추진력을 발휘할 뿐이지 그의 몸은 공중에 떠서 날아가는 것 같다.

인간이기에 중력의 법칙에 의해서 어느 순간에는 몸이 가라앉아 발로 바닥을 디딜 수밖에 없지만, 바닥을 딛는 시간보다는 공중에 떠서 앞으로 전진하는 시간, 즉 체공 시간이 훨씬 더 길다.

그래서 이 순간 태수는 한 마리 새다. 그중에서도 가장 빠른 매, 송골매다.

중계방송차량 대부분이 선두그룹과 2위 그룹으로 몰려갔지만, 그래도 아직 많은 수의 취재차량이 태수 양쪽에서 그를 촬영하고 있다.

그들은 태수가 심기일전해서 2위 그룹과 선두그룹을 추월할 것이라는 기대보다는, 세계챔피언이 어떻게 몰락하고 있는지를 취재하는 쪽에 초점을 맞추고 있는 것 같았다.

타타타타탓탓탓탓탓—

"훅훅… 핫핫… 훅훅… 핫핫……."

가파른 내리막길에서 태수의 속도는 점점 빨라졌다. 얼마나 빠르면 그를 취재하고 있는 차량과 모터바이크들을 뒤로 쭉쭉 떨어뜨리고는 혼자 질주해 나갈 정도다.

취재 모터바이크들은 속도를 높여 태수를 따라가면서 한바탕 소동이 벌어졌다. 그리고 그들은 곧 전혀 새로운, 그리고 경악할 만한 사실을 알아내서 전 세계에 타전했다.

"오오! 윈드 마스터의 현재 속도가 km당 무려 1분 55초입니다! 믿어지지 않습니다!"

역사상 km당 1분 55초의 속도로 잠깐 동안이라도 달렸던 마라토너는 단 한 명도 존재하지 않았다.

km당 1분 55초면 초속 8.7㎧다. 100m를 11.5초에 주파할 수 있는 엄청난 속도다.

태수는 등 뒤에서 불어오는 서풍과 자신의 엄청난 속도 때문에 온몸이 가르고 있는 바람을 동시에 느끼면서 무척이나 상쾌한 기분에 사로잡혔다. 아마도 이런 기분 때문에 마라톤을 하게 된 것 같다.

이번 대회의 승패를 떠나서 그는 태어나서 최고의 속도로 달리며 자신이 살아 있음을 실감했다.

Oooo~ Aaaa~

그때 불현듯 마치 환청처럼 태수의 귓전에 애수에 가득 찬 여자의 슬픈 목소리가 들렸다.

Ai, quem me dera~
Ter outra vez vinte anos~

태수의 입가에 미소가 피어났다.

'베빈다(Bevinda).'

태수의 머릿속에는 그가 좋아하는 수많은 음악이 켜켜이 입력되어 있다.

그리고 그것들이 어떤 상황에서는 마치 바로 눈앞에서 들려주듯이 생생하게 들려올 때가 있다.

지금 그가 바람을 가르면서 보스턴 브룩클린 내리막길을 질주하고 있을 때 환청처럼 들려오는 노래는 포르투갈의 전설적인 가수 베빈다가 부르는 'Ter outra vea 20 anos(다시 20살이 된다면)'이라는 노래다.

포르투갈의 전통 노래인 파두(Fado)는 라틴어의 'fatun(운명)'에서 유래된 말이라고 하는데, 노랫가락이 흡사 우리나라의 창(唱)을 많이 닮았다. 그중에서도 계면조의 가슴을 끊어내는 듯한 애절함이 뚝뚝 묻어나는 서편제의 춘향가 같기도 하다.

태수는 베빈다의 노래를 흥얼거리면서 바람에 몸을 실은 듯 경이의 속도로 질주했다.

선두그룹과 2위 그룹을 촬영하던 모터바이크의 절반 이상이 태수에게 몰려왔다.

38km에 이르렀을 때 태수가 2위 그룹을 300m까지 추격했기 때문이다.

현재 태수의 km당 속도는 2분 47초다. 지금 달리고 있는 곳이 작은 오르막이라는 사실을 감안한다면 놀라운 속도다.

작은 오르막과 내리막길을 태수는 23초 만에 넘고 그 앞의 50m길이 평지를 달려 이번에는 더 작은 언덕 하나를 17초에 넘어버렸다.

2위 그룹은 무타이, 키메토, 춤바, 데시사, 킵초게의 순서이며 일렬로 5~15m 간격으로 달리는데 가장 후미의 킵초게가 연신 뒤돌아보면서 불안한 얼굴로 태수를 경계하고 있다.

태수가 작은 언덕 2개를 넘는 동안 300m에서 250m 거리까지 추격하여 빠른 속도로 좁혀오고 있는 걸 확인한 킵초게의 얼굴에 극도의 초조함이 떠올랐다.

2위 그룹의 속도는 km당 2분 57초이고 조금씩 더 느려지고 있다. 그들은 모두 체력과 에너지가 한계에 도달한 상태에서 정신력으로만 버티고 있다.

2위 그룹의 선두인 무타이 키메토는 태수에게 추월당할까 봐 불안해서 제정신이 아니다.

자신들과 동급의 다른 선수가 추격을 하고 있는 것이라면 250m 정도 거리는 안심을 해도 된다.

그러나 지금 추격하고 있는 선수는 마라톤 세계챔피언, 윈드 마스터, 트리플맨 등 여러 수식어를 지니고 있는 부동의 세계 1위 한태수라서 절대로 마음을 놓을 수가 없다. 여차하는 순간 추월당하고 말 것이다.

무타이와 키메토를 비롯한 케냐 선수들은 사석에서 자기들끼리 대화를 할 때면 태수를 일컬어 '킴붕가(Kimbunga)'라고 부른다. 케냐 언어인 스와힐리어로 킴붕가는 폭풍, 태풍이라는 뜻이다.

케냐 사람들은 태풍을 매우 두려워한다. 태풍이 몰아치면 케냐 사람들의 어수룩한 움막집과 재산목록 1호인 가축들이 흔적도 없이 사라져 버리기 때문이다.

무타이와 키메토, 춤바, 데시사, 킵초게는 쉴 새 없이 뒤돌아보면서 태수가 어디까지 추격하고 있는지 확인하고 또 확인했다.

사실 2위 그룹 5명은 현재 마의 벽보다 더한 상황에 처해 있다. 스타트를 해서 여기까지 거의 한시도 쉬지 않고 오버페이스를 했기 때문이다.

정말 잠시 동안이라도 평범하게 달린 적이 없었다. 끊임없이 태수를 의식하면서 줄곧 달려온 터라서 지금은 정신이 황폐해져 있는 상태다.

그런 까닭에 이들 5명은 자신들이 마의 벽에 부닥쳤는지조차도 인식하지 못하는 상태다.

이들은 지금까지 수십 번의 마의 벽을 경험했었지만 지금처럼 고통스러웠던 적은 한 번도 없었다.

그러니까 마의 벽 같은 것은 지금 명함조차도 내밀지 못할 정도로 이들은 고통 속에 빠져 있다.

2위 그룹은 조금 전까지 km당 2분 57초였는데 지금은 2분 59초로 느려졌다. 앞으로 남은 거리는 4km 남짓인데 갈수록 더 느려질 것이다.

이 무리를 이끌고 있는 사람은 무타이다. 태수 이전에 마라톤 세계기록을 보유했었던 키메토마저도 정신이 비몽사몽인 상태이고 온몸은 무기력하기 짝이 없다. 그나마 무타이가 정신이 제일 말짱하다.

나머지 4명은 무타이가 이끄는 대로 따라가고 있는 실정이다. 무타이가 느려지면 뒤따르는 4명도 느려지고, 무타이가 속도를 높이면 4명도 무아지경 상태에서 속도를 높인다. 말하자면 무타이가 4명의 리더이고 페메인 셈이다.

무타이는 상심의 언덕을 오를 때 마의 벽에 부딪쳤으며 그때는 키메토가 무타이를 이끌어주었다.

지금은 마의 벽에 빠진 이후 어느 정도 이력이 난 무타이가 마의 벽에 부딪쳤는지 어쨌는지 하여튼 기진맥진하고 있는 키메토를 이끌고 있다.

다른 3명 춤바, 데시사, 킵초게는 키메토보다 더했으면 더했지 못하지 않은 몸 상태에서 덤으로 따라가고 있다.

"후후… 헉헉… 후후… 헉헉……"

무타이는 뒤를 한 번 돌아보고 나서 숨을 골랐다. 계속 이대로 가다가는 태수에게 잡히고 말 것이라는 위기감이 등골을 저몄다.

태풍 킴붕가가 지금 당장에라도 2위 그룹을 휩쓸어 버릴 것 같은 두려움을 떨칠 수가 없다.

한 번 뒤돌아보고 나서 잠시 후에 또 돌아보면 태수가 거리를 좁혀온 것이 눈에 띌 정도다.

그렇다면 지금 태수가 어느 정도 속도로 따라오고 있는지 대충 계산이 나온다.

선두 베켈레와 케베데하고의 거리는 좁혀지지도 않고 멀어지지도 않는 상황이다. 그 대신에 태수는 시시각각 거리를 좁혀오고 있다.

무타이는 2위나 3위를 하려고 아프리카 케냐에서 먼 보스턴까지 날아온 것이 아니다.

우승이 목적이다. 무타이와 키메토는 너무 오랫동안 세계대회에서 우승을 해보지 못했다. 물론 태수 때문이다.

그래서 그만큼 몸값도 떨어지고 지명도마저 내려앉았다. 무타이와 키메토만을 바라보고 있는 가족과 친척들까지 합치면 수십 명이다.

그들을 모두 무타이와 키메토가 먹여 살려야만 한다. 그런데 매번 2, 3위도 어려워서 순위에도 들지 못하면 먹고살 길이 막막해진다.

그러니까 무조건 우승을 해야만 하는 형편이다. 2위나 3위도 안 된다. 세계대회에서 우승 한 번 하면 한꺼번에 수십억 원이라는 거액이 손에 들어오기 때문이다. 그거면 가족과 친척들의 형편이 단번에 풀린다.

우승을 위해서는 베켈레와 케베데를 추월해야 하고, 그러면서 태수를 떨쳐 버려야만 한다.

지금 현재 무타이는 죽을 것처럼 괴로운 상태지만 오랜 경험 덕분에 고통을 인내할 줄 알고, 그러면서 좀 더 파이팅을 할 수 있는 능력을 키웠다. 세계 최정상급이라는 커리어는 그냥 붙는 게 아니다.

무타이는 키메토만을 끌고 갈 생각이다. 춤바와 킵초게는 케냐인 동족이고 여러 차례 같은 훈련캠프에서 한솥밥을 먹기도 했지만, 그런 것 때문에 그들까지 챙기는 건 낭비다. 따지고 보면 그들도 적이다.

무타이는 키메토를 쳐다보았다. 기진맥진한 키메토는 무타이의 표정과 눈빛을 보고 그의 의도를 알아차렸다.

무타이보다 경험이 부족한 키메토는 몸에 물기 하나 없이 푸석푸석한 상태지만 무타이의 강렬한 눈빛을 보고 그를 따라가겠다는 각오를 다졌다.

차차차차착착착착—

무타이가 갑자기 속도를 높여서 달려 나가자 키메토가 그 뒤를 따랐고 춤바와 데시사, 킵초게도 깜짝 놀랐지만 그 즉시 속도를 올렸다.

태수는 언제부턴가 정신이 멍하고 몸 여기저기에서 삐걱거리는 소리가 날 정도로 욱신욱신 쑤셨다.

그는 자신이 이미 마의 벽에 깊이 빠져 있다는 사실을 지금에야 깨달았다. 마의 벽이 찾아드는 순간을 한 번도 알아차리지 못했었지만, 한 번 빠지고 난 후에는 반드시 그 사실을 알게 된다.

그렇지만 이번 마의 벽은 약하게 찾아왔다. 컨디션이 좋을 때의 마의 벽은 뼈마디를 다 부숴 버리는 것 같지만, 오늘처럼 컨디션이 좋지 않을 때는 오는 듯 마는 듯했다. 마의 벽이란 강자에겐 강하게 찾아오고 약자에겐 약한 모양이다. 의적 홍길동이 따로 없다. 마의 벽이 의적이다.

"후우우… 혹혹… 하아아… 핫핫……."

호흡을 다시 길게 4박자 호흡으로 가져갔다. 아직 4km가 남았으니까 숨은 길고도 깊게 쉬는 게 좋다. 그러다가 스퍼트를 할 때 2박자 호흡을 하면 된다.

지금은 1.4km에 달하는 긴 내리막길이다. 태수는 km당 2분 40초의 빠른 속도로 내달리고 있다.

2위 그룹 후미 킵초게하고의 거리가 200m로 좁혀졌으니까 이번 내리막길이 끝나기 전에 무타이의 2위 그룹을 추월할 수 있을 거라고 확신했다.

타타타탁탁탁탁탁—

달리던 태수는 뭔가 이상하다는 생각이 들었다. 조금 전에 2위 그룹 후미 킵초게하고의 거리가 200m였으니까 지금쯤은 150~160m가 됐어야 하는데 180m 정도다.

평지라면 거리를 재기 어려울 텐데 내리막길이라서 2위 그룹이 한눈에 잘 보인다.

태수의 속도가 느려진 것이 아니라 킵초게가 빨라졌다. 아니, 킵초게만이 아니라 2위 그룹 전원이 빨라졌다.

2위 그룹의 속도는 조금 전까지 km당 2분 57~59초였었고, 태수는 이번 내리막길 1.4km가 끝나기 전에 그들을 추월할 수 있을 것이라고 예상했었다.

그런데 2위 그룹이 지금처럼 속도를 올려서 달리면 이번 내리막길이 끝나도 그들을 잡지 못할 것이고, 어쩌면 40km가 넘어서도 따라잡지 못하는 불상사가 생길지 모른다.

피니시 전에 추월할 수는 있을 것이다. 그렇지만 2위 그룹을 잡는다고 해서 우승을 하는 것이 아니다.

2위 그룹이 저렇게 미친 듯이 내달리면, 선두그룹인 베켈레와 케베데는 더 죽어라고 도망칠 테고, 그러면 태수가 선두그룹을 잡는 것은 물거품이 되고 만다.

'어쩌면 좋은가?'

방법은 오직 하나뿐, 태수가 지금보다 더 빨리 달리는 수밖에 없다. 그걸 알면서도 하도 답답해서 스스로에게 물었다.

'빌어먹을……'

욕이 목젖을 울리면서 솟구치려고 꿀렁거렸다.

마라톤은 정직한 운동이다. 요행 같은 것은 일체 없다. 무조건 자신의 몸뚱이 하나로 부딪쳐서 이겨내야만 하는 가장 원초적인 운동이고 싸움이다.

그러니까 결국 달려서 승부를 내는 수밖에 없다. 이제부터는 몸뚱이와 기술, 두뇌를 풀가동해야만 한다.

'에너지 소비를 최소화해야 한다.'

태수는 세계적인 마라톤 전문가들이 칭찬을 아끼지 않는 가장 이상적인 러닝을 하는 마라토너다.

'달리면서 쓸데없는 동작이나 근육의 수축과 이완이 반복되면 그만큼 많은 산소와 에너지가 필요하게 된다. 그걸 줄여야 한다.'

마라톤 전문가들이 '러닝 이코노미'라고 부르는 가장 완벽한 마라톤주법을 꼽으라면 태수의 윈마주법을 첫 손가락에 꼽기를 주저하지 않는다.

그런데도 태수는 그 윈마주법에서 불필요한 동작이나 근육의 수축, 이완의 반복에서 오는 에너지 소비를 줄여야 한다고 생각하고 있다.

말라비틀어진 깻묵에서 한 방울의 기름을 짜내는 게 더 쉬울 것이다. 그런데도 그는 가장 완벽한 주법을 더 완벽하게 만들겠다는 것이다.

말하자면 태수는 원래 휘발유 1리터당 15㎞를 달렸었는데 그걸 더 높여보자는 것이다.

그는 우선 마음부터 차분하게 가라앉혔다. 그러고 나서 달리며 현재 자신이 취할 수 있는 불필요한 동작들을 하나씩 제거해 나갔다.

팔동작을 더 짧고 자연스럽게 하고, 발바닥이 아스팔트에 닿을 때 힘을 주는 것을 최소화한다.

여긴 내리막길이니까 힘을 주지 않아도 저절로 굴러가게 되어 있다. 두 발에 힘을 주지 않으면 근육이 수축되고 이완되는 반복 동작을 더 최소화하고 그래서 그만큼의 에너지를 아낄 수 있다.

1.4km길이의 내리막길을 거의 다 달렸을 때 태수의 윈마주법은 또다시 새롭게 거듭났다. 그 덕분에 그의 속도는 km당 2분 30초까지 올라갔다.

태수는 1.4km 내리막길의 마지막 급경사 구간을 달리고 있다. 길이 220m의 이 구간을 지나고 나면 평지와 다름이 없는 아주 완만한 내리막길이 시작된다.

비컨스트리트의 끄트머리인 그 내리막길 마지막에 작은 언덕이 하나 있으며, 언덕 꼭대기가 40km 지점이고 보일스톤스트리트의 시작이다.

피니시는 보일스톤스트리트에 우뚝 서 있는 보스턴의 상징 존핸쿡빌딩 앞이다.

탓탓탓탓탓탓탓—

태수의 달리는 발걸음 소리가 달라졌다. 제 딴에는 원마주법을 조금 더 다듬어봤는데 더 좋아졌는지 아니면 나빠졌는지는 지금으로선 알 수가 없다. 그냥 좋아졌을 거라 믿고 달리는 수밖에 없다.

두 팔은 겨드랑이에 거의 붙어서 흔드는 것처럼 보이지도 않을 정도다.

타타타타탓탓탓탓탓—

비컨스트리트의 마지막 내리막길 급경사를 ㎞당 1분 57초의 놀라운 속도로 질주했다.

킵초게와 데시사가 바람보다 더 빨리 태수의 왼쪽으로 스쳐 지나가며 뒤로 처졌다.

킵초게와 데시사는 도저히 무타이의 속도를 감당할 수가 없어서 이때쯤에는 ㎞당 3분 4초로 속도가 떨어진 상태다.

2위 그룹 선두 무타이는 급경사 내리막길을 다 내려가서 평지 같은 완만한 내리막길을 달리고 있으며 태수하고의 거리는 140m 정도다.

그런데 그때 문득 태수는 쓸데없는 생각이 들었다. 무사시노를 보지 못한 것이다.

앞선 2위 그룹은 무타이와 키메토, 춤바가 형성하고 있는데 도대체 무사시노는 어찌 된 건가.

나중에 안 사실이지만 무사시노는 풀 오버페이스를 한 탓에 상심의 언덕에서 리타이어하여 길가에 퍼질러 앉았다는 것이다. 과연 무사시노다운 결말이다. 일본의 기대주 무사시노는 그렇게 보스턴대회를 마감했다.

태수가 봤을 때 무타이와 키메토는 km당 2분 50초의 속도다. 지금이 40km를 목전에 둔 후반이라는 점을 감안한다면 정말 놀라운 속도다.

무타이와 키메토에게 반드시 우승을 해야만 하는 절박한 사정이 있다면 태수도 마찬가지다.

태수로서는 어떻게 해서 이룬 오늘날의 위업인데 여기에서 무너뜨릴 수는 없다.

대한민국 경상북도에서도 영양군, 거기에서도 석보면 홍계리라는 아주 촌구석에서 태어난 그가 역사에 길이 남을 인물이 되는 일이 어디 흔한 일이겠는가.

역사는 저절로 이루어지는 게 아니라 스스로 이루는 것이다. 태수는 마라톤을 하면서 그걸 절실히 깨달았다.

1.4km 마지막 급경사가 끝나고 평지와 다름이 없는 완만한 내리막길이 시작되었으나 태수의 속도는 아주 조금 느려져서 km당 2분 10초가 되었다.

그건 초속 7.68^m/$_s$의 놀라운 속도다. 현재 태수가 무타이보다 km당 40초 빠르니까 7.68×40=307.2m다.

1㎞를 가는 동안 무타이보다 307.2m 빠르다는 뜻이다. 그러니까 이 속도로만 가면 40㎞ 이전 보일스톤스트리트에 들어서기 직전에 무타이와 키메토를 잡을 수 있다.

단, 태수의 이 속도가 여기에서 더 느려지지 않아야만 한다.

탓탓탓탓탓탓탓탓―

"훅훅… 학학… 훅훅… 학학……."

잠시 끊어졌던 베빈다의 노랫소리가 생생하게, 그리고 더 크게 태수의 귓전을 울리고 있다.

Oooo~ Aaaaa~

Ai, quem me dera~

선두 베켈레와 케베데 앞에는 선도차와 ESPN의 중계방송차 한 대뿐이고 모든 방송차량과 모터바이크 수십 대가 태수에게 집중적으로 몰려 있다.

선수 수로 치면 무려 13위에 처져 있던 태수가 풀코스 39㎞ 후반에 ㎞당 2분 10초라는 경이로운 속도로 질주하면서 곧 2위 그룹을 추월할 것이기 때문이다.

'할 수 있다. 그리고 해야만 한다.'

태수는 오른쪽으로 춤바가 처지는 것을 쳐다보지도 않고 속으로 그 말을 되뇌고 되뇌었다.

태수는 전방을 쳐다보았다. 기를 쓰고 달리는 무타이와 키메토는 60m 거리에 있다.

하지만 태수가 보고 있는 것은 그들이 아니라 그 너머 베켈레와 케베데다. 선두 베켈레와 케베데는 태수에게서 220m 거리다. 평지 같은 내리막길을 달려 보스턴마라톤대회의 마지막 작은 언덕을 오르고 있는 게 보였다.

태수의 속도가 떨어지고 있다.

㎞당 2분 25초다. 무타이와 키메토의 속도도 2분 58초로 떨어졌지만 태수는 이 속도로는 만족할 수가 없다.

러닝 이코노미도 한계에 이른 것 같다. 심장은 금방이라도 가슴을 뚫고 튀어나올 것처럼 미친 듯이 쿵쾅거렸다.

"학학학학학……"

4박자 호흡이고 2박자 호흡 같은 것도 무너졌다. 그저 무더운 복날에 개가 혀를 길게 빼물고 헐떡이는 것처럼 짧은 호흡을 무지막지하게 해대고 있을 뿐이다.

무타이와 키메토가 쉴 새 없이 뒤돌아보는데 두 사람 얼굴에 절망과 허탈함이 가득 떠올라 있는 게 태수의 눈에 똑똑히 보일 정도로 가까워졌다.

'거치적거리지 말고 비켜라. 내 상대는 너희들이 아냐!'

태수는 속으로 악을 썼다. 그런데 그 순간 거짓말처럼 속도가 조금 빨라졌다.

악을 썼더니 빨라진 것은 아니다. 분노다. 어이없게도 분노가 에너지화되고 있다.

타타타탓탓탓탓탓탓—

"학학학학학학……."

태수는 마지막 언덕 바로 아래에서 무타이와 키메토를 저격했다. 저격용 라이플총에 심장이 관통된 무타이와 키메토는 처절한 비명을 지르며 쓰라린 표정을 지었다.

태수는 오르막을 단숨에 달려 오르기 위해서 최대한 가속도를 붙여서 달렸다.

베켈레와 케베데는 언덕을 넘어갔기 때문에 보이지 않는다.

'씨팔! 그 영감탱이는 왜 개지랄이야?'

이번에는 혜원의 아버지 남용권을 도마에 올렸다. 일부러 없는 분노와 원망을 만들어내는 게 아니다. 태수도 인간이기에 남용권에게 받은 설움이 에베레스트보다 더 높게 쌓여 있었다. 그걸 꾹꾹 눌러 참았을 뿐인데 그게 지금 활화산처럼 터져 나왔다.

'귀국하면 그 영감하고 담판을 지을 거다! 우라질! 나 정도면 됐지 뭘 더 바라는 거냐구! 니기미!'

타타타타타타타—

"학학학학학학……."

분노가 에너지화될 리가 없다. 하지만 지금의 태수에겐 그 무엇이라도 에너지로 만들 재료가 필요하다.

'여자가 어디 혜원이뿐이냐? 나 좋아하는 여자들이 널렸다는 말이다! 좆같이 굴지 말란 말이야, 씨팔!'

태수는 순식간에 오르막 꼭대기에 올랐다. 130m의 짧은 급경사 내리막길이 끝나면 평지다. 내리막길을 이용하는 것도 여기가 마지막이다.

언덕 꼭대기 40㎞ 급수대에는 민영과 심윤복 감독, 고승연과 윤미소까지 나와 있다.

급수대 1번 스페셜테이블 앞쪽에 나와 있는 민영은 양손에 음료병과 생수병을 들고 주로의 태수를 바라보다가 한순간 가슴이 콱 막혔다.

달려오고 있는 태수의 얼굴을 본 것이다. 그것은 절대로 민영이 알고 있는 태수의 모습이 아니다. 태수는 급수대 쪽은 쳐다보지도 않고 정면만 뚫어지게 쏘아보고 있다.

눈에서는 불길이 뿜어질 것 같고 크게 벌린 입에서는 침이 질질 흘러나왔다.

스타트하기 전에 민영들과 파이팅을 외쳤던 태수의 잘생기고 팔팔한 모습은 온데간데없다.

스타트해서 40㎞까지 오는 동안 20년은 폭삭 늙어버린 것처럼 깡마르고 초췌한 얼굴이 흡사 유령처럼 보였다.

그러면서도 태수는 민영과 심윤복 감독 등이 한 번도 본 적이 없는 굉장한 속도로 달리고 있다.

태수는 지금 또 다른 분노, 자신의 부모님과 그 윗대 조상 대대로 가난했던 가문에 대해서 화를 내고 있다. 그리고 그걸 에너지 삼아 정신없이 달리는 것이다.

그런 태수의 모습을 보면서 민영만 가슴이 먹먹해지는 것이 아니다. 고승연과 윤미소는 벌써 두 눈에 눈물이 가득 고여서 몸을 덜덜 떨고 있다.

"오빠… 오빠……."

민영은 태수가 바로 앞을 달려 지나가는 데도 파이팅 소리 한 번 외치지 못했다. 칼로 심장을 깊이 찔린 것 같은 충격과 슬픔 때문이다.

그리고 민영은 깨달았다. 태수가 있는 세계는 민영 등이 단 한 번도 근처에도 가보지 못한 고통의 땅이라는 사실을.

"오빠… 어흐흐흑……."

민영은 양손에 음료병과 생수병을 든 채 그 자리에 주저앉으며 오열을 터뜨렸다.

그 지옥 같은 고통의 땅에 태수를 혼자 달리도록 내버려 둔 채 타라스포츠는 번영하고 모두들 희희낙락하며 살았던 게 너무나 미안했다.

고승연과 윤미소도 흐느껴 울면서 멀어지는 태수를 바라보았고, 심윤복 감독마저도 어깨를 들먹이며 뜨거운 눈물을 흘렸다.

자신이 키운 제자지만 심윤복 감독은 정말 태수를 존경한다. 아니, 저기 달리는 위대한 마라토너는 존경을 넘어선 신앙 같은 존재다.

태수는 41.3㎞ 지점에서 베켈레와 케베데 꽁무니에 따라붙었다. 거리는 불과 5m다.

이미 모든 걸 포기한 베켈레와 케베데의 속도는 ㎞당 3분 5초까지 떨어져 있었다.

탓탓탓탓탓탓탓탓—

"학학학학학……."

이윽고 태수는 왼쪽의 베켈레 옆으로 추월해 나갔다.

베켈레와 케베데는 참담한 표정으로 태수를 쳐다보았다. 그런데 태수는 그들을 보지 않고 정면만 무섭게 쏘아보며 질주할 뿐이다.

그 순간 베켈레와 케베데는 태수의 얼굴을 보았다. 민영과 고승연 등이 보고 오열을 터뜨렸던 바로 그 모습이다.

베켈레와 케베데는 태수의 얼굴을 보는 순간 온몸에 소름이 오싹 끼쳤다.

그리고 두 사람은 자신들이 태수에게 질 수밖에 없다는 사실을 인정했다.

　태수가 지금 가슴속에 떠올리고 있는 것이 분노인지 아니면 쾌락인지 모르지만, 베켈레와 케베데는 우승에 대한 열망이 태수만큼 절박하지는 않다는 사실을 절감했다.

　태수는 베켈레와 케베데를 추월했지만 속도를 늦추려고 들지도 않았다.

　41㎞에 1시간 57분 22초면 앞으로 남은 1.195㎞에서 그가 세운 세계신기록 1시간 58분 52초를 깰 수 없다. 그래도 그는 앞만 보고 달렸다.

　와아아아아———

　존핸콕빌딩 앞 피니시라인 양쪽에 운집한 수천 명의 시민이 태수를 향해 열광적인 환호를 보내고 있다.

　그렇지만 그것도 태수 귀에는 들리지 않았다. 그저 베빈다의 애달픈 노랫가락만 울릴 뿐이다.

　민영과 심윤복 감독 등은 40㎞ 급수대에서 부랴부랴 서둘러 차를 타고 이동하여 피니시라인 안쪽에서 달려오는 태수를 바라보고 있다.

　300m… 200m… 50m…….

　타타타타타탓탓탓탓—

"학학학학학학……."

드디어 태수는 ㎞당 2분 35초의 속도를 그대로 유지한 채 1시간 59분 57초의 기록으로 피니시라인을 통과했다.

그런데 태수가 멈추지 않고 계속 달려 나가자 진행요원들이 급히 달려들어 그를 붙잡았다.

"Hey!"

"Stop!"

탁탁탁탁탁탁—

"학학학학학학……."

태수는 진행요원들에게 붙잡히고 둘러싸인 상태에서도 제자리 뛰기를 하면서 뛰는 것을 멈추려고 하지 않았다.

"오빠!"

그걸 보고 민영이 흐느껴 울면서 달려왔다.

"학학학학… 민영아……."

"오빠! 끝났어! 골인했어!"

"아아… 그래… 나 몇 위 했냐……."

"오… 오빠… 흐엉엉~!"

민영은 말을 잇지 못하고 태수를 부둥켜안고 둑이 터지듯 통곡하고 말았다.

태수의 고통이 만 분의 일쯤 그녀에게 전해졌는데도 이 모양이면, 그의 고통을 죄다 느끼게 된다면 아마 온몸과 정신이 짓이겨져서 죽어버리고 말 터이다.

　태수의 귓전에서는 아직도 베빈다의 노래가 흘렀다.

　Ter outra vez vinte 20anos~

　Para te amar outra vez~

　다시 20살이 된다면

　다시 당신을 사랑하기 위하여…

제44장
초인세계

대한민국의 윈드 마스터 한태수가 또다시 2시간대의 벽을 깨고 보스턴마라톤대회에서 우승을 차지했다.

이제는 스포츠 방송만이 아니라 전 세계 주요 방송사들까지도 앞다투어 윈드 마스터에 대한 소식과 다큐멘터리들을 황금시간대에 내보냈다.

윈드 마스터 한태수는 그 어떤 스포츠스타보다 유명해졌다. 축구스타나 야구스타, 골프스타는 축구와 야구, 골프를 좋아하는 사람들이 한정적으로 좋아했지만, 윈드 마스터 한태수는 국가와 인종, 정치, 종교에 구별 없이 전 세계인들이 열광적으로 사랑했다.

세계의 어떤 정치가나 배우, 가수도 윈드 마스터 한태수의 인기에 비하지 못했다.

윈드 마스터 한태수는 보스턴에서 찬란하게 떠오르는 붉고 밝은 태양이 되었다.

보스턴마라톤대회가 끝난 그날 밤 9시 무렵에 태수는 호텔을 나와 무작정 걷기 시작했다.

대회가 끝난 후 태수는 몇 군데 공식석상에 이끌려 다니다가 호텔에 돌아와 그대로 침대에 쓰러져서 잠이 들었다가 조금 전에 깨어났다.

그러고는 주섬주섬 트레이닝복에 스포츠재킷 하나를 걸치고는 호텔 밖으로 나왔다.

물론 고승연이 따라 나왔다. 고승연은 태수가 자는 동안 같은 방에서 그를 바라보면서 지키고 있었다.

태수는 아무 말도 하지 않고 그저 걷기만 했다.

고승연은 태수가 혼자 있기를 원하는 것 같아서 나란히 걷지 않고 세 걸음 뒤에서 묵묵히 따랐다.

고승연은 아까부터 태수의 걸음이 이상하다고 생각했다. 어기적거리면서 조금씩 절뚝거리기도 하는데 마치 온몸을 심하게 구타당한 사람 같은 행동이다.

태수는 누구에게 구타당한 적이 없다. 있다면 오늘 마라톤대회를 뛴 것뿐이다.

그러니까 그는 마라톤에게 극심하게 구타를 당한 것이다. 걸음도 제대로 걷지 못할 정도로 말이다.

지금 태수는 온몸 아프지 않은 곳이 없다. 작년 4월 처음 마라톤에 입문한 이후 지금처럼 지독하게 아픈 것은 처음 있는 일이다.

그만큼 오늘 대회에서 처절하게 달렸다는 뜻이다. 38㎞ 이후에는 거의 제정신이 아니어서 언제 베켈레와 케베데를 추월했는지, 피니시라인에 골인을 했는지도 몰랐었다.

나중에 정신을 차리고 보니까 민영이과 심윤복 감독, 윤미소, 고승연, 닥터 나순덕까지 태수를 둘러싸고 누가 죽기라도 한 것처럼 큰 소리를 내서 펑펑 울고 있었다.

뚝.

태수는 걸음을 멈추고 고승연을 뒤돌아보았다.

고승연은 주춤 걸음을 멈추고는 긴장하는 얼굴로 물끄러미 태수를 바라보았다.

"이리 와라."

태수가 고개를 끄떡이자 고승연이 다가왔고 태수는 그녀의 손을 잡고 다시 걷기 시작했다.

고승연은 밤이라서 자신의 얼굴이 빨개진 게 보이지 않아서 다행이라고 생각했다.

두 사람은 손을 깍지를 끼고 한동안 말없이 걸었다.

고승연은 태수의 걸음걸이가 점점 더 어기적거리는 걸 보고 조심스럽게 물었다.

"괜찮아요?"

태수는 멈춰서 씁쓸하게 미소 지었다.

"좀 힘들다. 앉고 싶다."

고승연은 주위를 두리번거리면서 앉을 만한 곳을 찾아보았다. 이 근처는 강가의 한적한 장소라서 행인도 별로 없고 마땅히 앉을 만한 곳이 보이지 않았다.

"저기 가자."

태수가 길 건너 입구에 불이 켜진 펍(Pub)을 가리켰다.

"괜찮겠어요?"

"쉬면서 술 한잔하자."

펍의 실내는 환하게 불이 밝혀져 있고 10여 개의 테이블과 긴 바텐이 있으며 손님들이 가득 들어차 시끌벅적한 분위기여서 태수와 고승연이 들어서는 것을 아무도 신경 쓰지 않았다.

다행히 창가 쪽에 딱 두 사람이 앉을 수 있는 작은 테이블이 남아 있어서 두 사람은 그곳에 앉았다.

웨이트리스에게 카나페와 소시지 요리, 그리고 생맥주 두 잔을 주문하고 태수는 반쯤 열려 있는 창을 활짝 열고 밖을 내다보았다.

마침 창밖으로는 찰스강 하류를 가로질러 놓인 롱펠로우 브릿지가 형형색색의 화려한 조명을 받아 아름답고도 웅장한 자태를 드러내고 있었다.

태수는 아까 자고 일어나서 문득 자신의 진로에 대해서 생각하기 시작했다.

그는 런던마라톤대회까지 우승하여 세계6대메이저마라톤대회를 모두 석권하는 그랜드슬램을 달성하겠다는 목표를 세웠고, 오늘 5개째 보스턴마라톤대회에서 우승을 하여 런던마라톤대회 하나만 남겨놓은 상황인데도 그랜드슬램을 달성하고 나면 앞으로 무엇을 할 것인지 구체적으로 생각해 둔 게 없었다.

벌어놓은 돈으로 호의호식하면서 어설픈 젊은 재벌 흉내나 내는 것은 태수의 생리에 전혀 맞지 않는 일이다.

그렇다고 마라톤을 계속하는 것은 전혀 고려하지 않았다. 이미 정상에 올랐는데 거기에 남아서 낯 뜨겁게 마라톤 영웅이니 전설이라는 찬사를 들으면서 으스대며 안주하고 싶은 생각은 손톱만큼도 없다.

현재로서 제일 구미가 당기는 것은 트라이애슬론 철인3종경기다. 큰형님 조영기가 트라이애슬론에 대해서 말해주지 않았다면 그런 스포츠가 있다는 사실만 어렴풋이 알고 지냈을 것이다.

아직 트라이애슬론에 대해서 자세히 파고들지는 않았지만 올림픽에도 정식 종목으로 채택이 됐고 마라톤하고는 비교할 수 없을 정도로 시장이 크다는 사실을 알고 있다.

사람들은 트라이애슬론을 자동차 경주인 F1그랑프리하고 자주 비교하기도 한다. 그만큼 탄탄한 저변을 확보하고 있다는 뜻이다.

수영과 바이크, 즉 사이클, 마라톤은 태수가 모두 다 자신 있는 종목이니까 한번 해볼 만하다.

마라톤이 인간 한계에 도전하고 또 극복하는 종목이긴 하지만 트라이애슬론은 그보다 한 단계 위인 것 같다.

오늘 태수는 보스턴마라톤대회를 달리면서 처음으로 지독한 경험을 했다.

이렇게 체력을 극한까지 몰아붙여서 달리다가 도중에 죽는 게 아닌가 하고 겁이 더럭 날 정도였다.

초창기에 마라톤대회에 나가 자신을 극한까지 몰아붙여서 달릴 때는 너무 고통스러워서 이 대회가 끝나면 앞으로 죽어도 마라톤을 하지 않겠다고 다짐에 다짐을 했었다.

그러나 이제는 그런 생각을 하지 않게 되었다. 지독한 고통 뒤에 꼭꼭 감춰져 있는 또 다른 세상을 보고 또 경험했기 때문이다.

그 세상이 뭐라고 꼭 집어서 설명하긴 어렵지만, 정상에 올라선 사람만이 들어갈 수 있는, 그리고 자신의 온몸을 불태우면서 생사를 초월했을 때에 비로소 입구가 열리는 그런 세상이다.

말하자면 거긴 '초인세계'라고 할 수 있다. 평범한 사람들은 죽을 때까지, 아니, 몇 번의 인생을 산다고 해도 절대로 들어갈 수 없는 그런 세계인 것이다.

그래서 태수는 앞으로도 계속 '초인세계'에 들어가고 또 거기에 머물고 싶은 마음이다. 그래서 트라이애슬론을 하고 싶은 것이다.

고승연은 창밖을 응시하고 있는 태수의 옆얼굴을 물끄러미 바라보기만 할 뿐 아무 말도 하지 않았다.

고승연은 먼저 말을 꺼내는 경우가 거의 없다. 누군가 말을 걸면 침묵으로 일관하고, 태수가 말하면 단답형으로 짧게 대답하고 만다.

하고 싶은 말이 많은데 억지로 참고 있는 게 아니다. 전혀 궁금하지 않기 때문이다. 그렇지만 태수에 대해서만은 정말로 궁금한 게 많다.

와아아―

그때 실내에서 요란한 함성이 터져 나왔다.

태수와 고승연이 쳐다보자 실내의 사람들이 모두 한쪽 벽에 설치되어 있는 대형 TV를 보면서 함성을 지르고 있다.

그런데 뜻밖에도 TV에서는 오늘 아침에 벌어졌던 보스턴마라톤대회 녹화방송을 하고 있는 중이다.

태수는 웨이트리스가 막 갖다놓은 맥주잔을 들고 TV를 바라보았다.

TV에서는 태수가 2위 그룹 무타이와 키메토를 추월하고 있으며, 펍 안을 가득 메운 사람들은 거의 모두 일어나서 손을 흔들며 환호성을 지르고 있다.

보스턴마라톤대회의 결과는 이미 나와서 다 알고 있을 텐데도 이들은 녹화방송을 보면서 마치 실황중계를 보는 것처럼 흥분하고 있다.

TV에서는 캐스터와 해설자가 지나치게 흥분해서 악을 쓰듯이 떠들고 있다.

현재 태수의 km당 속도가 1분 58초이며 그것은 절대로 마라토너가 낼 수 없으며, 단거리 400m 선수여야지만 가능한 속도라고 목이 쉬도록 소리쳤다.

고승연이 태수를 쳐다보았으나 그는 마치 다른 사람의 경기를 보는 것처럼 무미건조한 표정이다.

TV에서 태수는 41km 조금 지나서 베켈레와 케베데마저도 추월을 했다.

그 당시에 태수는 제정신이 아닌 상황이어서 베켈레와 케베데를 쳐다보지도 않았었다. 그런데 TV에서 두 사람의 얼굴을 클로즈업하는 걸 보니까 마치 유령을 본 듯한 표정을 짓고 있다.

TV에서 태수는 무서운 속도로 피니시를 향해 돌진하고 캐스터와 해설자는 절규하듯이 고함을 지르고 있다.

마침내 태수가 골인하고 아치 위의 전자시계가 1:59:57을 나타내고 있는 게 클로즈업되자 사람들의 환호성이 절정으로 치달렸다.

와아아아—

캐스터와 해설자는 윈드 마스터가 대한민국 서울에서 개최된 서울국제동아마라톤대회에 이어서 보스턴마라톤대회에서도 2시간대 벽을 깼으며, 이것은 인간이 도달할 수 있는 가장 위대한 2번째 기록이라며 거의 광분을 하고 있다.

TV 화면에는 골인을 한 태수가 계속 달려가고, 진행요원들이 그를 붙잡고, 민영이 울면서 달려와 그를 부둥켜안으며 대화를 하는 장면이 이어졌다.

태수와 민영의 부둥켜안는 장면이 다시 한 번 나오면서 두 사람의 한국어 대화가 영어 자막으로 밑에 깔렸다.

"학학학학… 민영아……."

"오빠! 끝났어! 골인했어!"

"아아… 그래… 나 몇 위 했냐……."

"오… 오빠… 흐엉엉~!"

캐스터가 울먹이면서 외쳤다.

"It's really Admirable(정말 존경스럽습니다)!"

와와아아아!! 윈드 마스터!!
펍의 사람들이 탁자를 두드리면서 환호성을 터뜨리더니 곧
합창을 하기 시작했다.

I looked out this morning and the sun was gone
오늘 아침 창밖을 내다보니 태양이 없어졌더군요
turned on some music to start my day
음악을 틀고 하루를 시작했지요

보스턴에서 결성된 밴드 '보스턴'의 히트곡 'More than a
feeling'이다. 보스턴 사람들은 이 노래를 '보스턴의 노래'라고
할 정도로 사랑하고 또 애창한다.

모두들 입을 모아 목청껏 합창을 하면서 윈드 마스터가 보
스턴마라톤대회에서 우승한 것과 2시간대 벽이 깨진 것을 축
하했다.

고승연은 감동한 표정으로 태수를 바라보았다. 그러나 태수는 머쓱한 얼굴로 맥주만 마시고 있다.

합창이 끝나자 사람들은 보스턴마라톤대회의 우승자 윈드마스터에 대해서 즐겁게 대화를 나누었다.

태수와 고승연은 생맥주 한 잔씩만 마시고 자리에서 일어나 계산대로 걸어갔다.

"계산됐습니다."

계산대의 아가씨가 상냥한 미소를 지으며 말했다. 그녀는 동양에서 온 이 잘생긴 한 쌍의 남녀에게 이렇게 기쁜 소식을 전해주게 되어 즐겁다는 표정을 지었다.

태수의 어리둥절한 얼굴을 본 아가씨는 저만치 바텐에서 혼자 맥주잔을 기울이고 있는 어느 노신사를 가리켰다.

태수가 쳐다보자 양복을 입은 눈부신 반백의 머리카락과 반백의 수염을 기른 멋진 노신사는 태수를 향해 슬쩍 맥주잔을 들어 보이면서 싱긋 미소를 지었다.

노신사는 창가 테이블에 앉아서 조용히 맥주를 마신 동양의 젊은 청년이 윈드 마스터라는 사실을 한눈에 알아차렸다. 그러고는 그의 술값을 대신 내주는 친절을 베풀었다.

태수는 계산대의 아가씨에게 유성펜을 빌려서 자신이 입고 있던 붉은색의 타라스포츠 재킷을 벗어 등판에 '윈드 마스터 한태수'라는 사인을 했다.

그걸 보고 있던 계산대의 아가씨가 소스라치게 놀라서 중얼거렸다.

"Oh··· My God. Are you kidding me?"

태수는 사인을 한 재킷을 들고 노신사에게 다가갔다.

노신사는 태수를 바라보며 빙그레 미소만 지었다.

태수가 노신사 어깨에 재킷을 걸쳐주자 노신사는 맥주잔을 내려놓고 태수에게 손을 내밀어 악수를 청했다.

척!

태수의 손을 잡은 노신사가 굵직한 저음으로 말했다.

"You made a great Boston(자네가 보스턴을 멋지게 만들었네)."

"Thank you."

태수는 훈훈한 기분이 되어 펍을 나와 고승연과 함께 길을 건넜다.

그때 등 뒤 펍에서 와아아! 하는 함성이 터졌다. 방금 윈드 마스터가 펍에 다녀갔으며, 자신이 직접 사인을 한 재킷을 노신사에게 선물했다는 말을 계산대 아가씨에게 들은 것이다.

태수와 고승연이 나란히 거리를 걸어가는데 펍에서 사람들이 우르르 다 몰려나왔다.

그들은 펍 앞의 거리를 점령한 채 태수와 고승연 쪽을 보면서 몇 줄의 스크럼을 짜고는 몸을 좌우로 흔들면서 우렁차게 합창을 했다.

I looked out this morning and the sun was gone
turned on some music to start my day

태수와 고승연은 '보스턴의 노래'를 들으면서 호젓하게 밤거리를 걸어갔다.

＊   ＊   ＊

태수는 보스턴에서 런던으로 곧장 날아갔다.

그리고 비행기 안에서 하나의 놀라운 소식을 들었다.

IAAF가 오랜 숙의 끝에 일본 도쿄마라톤대회의 골드라벨 자격을 박탈했으며, 세계메이저마라톤위원회(WMM)가 세계6대메이저마라톤대회에서 도쿄마라톤을 축출하고 빈자리에 대한민국의 서울국제동아마라톤을 영입했다는 사실이다.

올해 2월 태수가 도쿄마라톤대회에 참가했다가 숙소인 호텔에서 일본의 과격우익단체 일원들에게 습격을 당한 일과 마라톤대회에서 주로를 달리고 있을 때 시민들 중에 누군가 발사한 비비탄 총알에 다리를 맞은 일이 중대하게 받아들여진 결과임은 두말할 필요가 없다.

IAAF와 WMM의 결정으로 인해서 일본은 충격과 비탄에 빠졌고, 반대로 대한민국은 기쁨으로 열광했다.

세상일은 양지가 있으면 음지가 있는 법이다.

그리고 좋은 소식 다음에 나쁜 소식이 뒤따르기도 한다.

태수는 런던 히드로공항에 내려 호텔로 향하는 차 안에서 벼르고 별렀던 전화를 조영기에게 했다.

―글러먹었어. 내 얘긴 용권이 그 친구에게 씨도 안 먹혀. 외려 태수 네가 날 보냈다고 불같이 역정을 내더라. 죽일 놈 살릴 놈 하면서 날뛰는 걸 보고는 그냥 나올 수밖에 없었다. 도움이 못돼서 미안하다, 태수야.

휴대폰 너머에서 들려오는 조영기의 목소리에는 힘이 들어 있지 않았다.

―다음 날 수현이에게 들은 얘기인데… 수현이가 너하고 같이 사업을 한다고 얘기를 하니까 남용권이 수현의 뺨을 때리면서 호적을 파 가라고 했다는 게야. 그리고 혜원이 머리를 깎아서 비구니로 만들어 버리겠다고 길길이 날뛰었다는구나. 이걸 어쩌면 좋으냐, 태수야?

"걱정 마십시오, 큰형님. 오히려 잘됐습니다."

―잘되다니 뭐가?

"나중에 말씀드리겠습니다. 다시 뵐 때까지 건강하십시오."

그렇게 전화를 끊었다. 그런데 빈말이 아니고 조영기에게 그런 말을 들으니까 태수는 정말 속이 후련해졌다.

남용권의 그런 막무가내 언행이 이제부터 태수가 어떻게 해야 할지 결심하는 데 큰 힘이 돼주었기 때문이다.

태수군단은 4월 18일 밤에 런던에 도착하여 리츠호텔에 여장을 풀었다.

태수는 샤워를 한 후에 윤미소에게 몇 가지 비즈니스에 대해서 보고를 듣고 또 지시를 했다.

그리고 한 가지 일에 대해서 30분 정도 윤미소와 의논을 하고 나서 태수군단과 민영을 자신의 방으로 불렀다.

테이블에는 차가운 맥주와 크래커, 치즈 등 간단한 안주가 마련되었고, 모두들 소파에 둘러앉아 편안한 분위기로 이런저런 대화를 하면서 맥주를 마셨다.

윤미소가 모두를 둘러보며 말했다.

"태수가 할 말이 있대."

태수 양 옆에는 민영과 신나라가 앉아 있고, 맞은편에는 티루네시와 마레, 손주열이, 그리고 윤미소는 따로 일인용 둥근 의자에 앉아서 태수를 바라보았다.

태수는 그동안 생각해 왔으며 그리고 이틀 전 보스턴의 어느 펍에서 생맥주 한 잔을 마시면서 내린 결정을 모두에게 말하려고 한다.

"난 런던마라톤을 끝으로 마라톤에서 은퇴할 거다."

태수는 거두절미하고 본론부터 꺼냈다. 구구절절이 서론을 늘어놓는 것보다 그편이 낫다.

"오빠!"

가장 놀란 사람은 당연히 민영이다.

태수가 은퇴하면 타라스포츠는 어떻게 되느냐 같은 걸 문제 삼는 게 아니다.

그런 중요한 일을 어째서 자신하고는 한마디 상의도 하지 않았느냐는 섭섭함도 아니다. 그냥 단순히 태수의 결정에 놀랐다. 그뿐이다.

타라스포츠는 하루가 다르게 일취월장하고 있다. 보스턴마라톤대회에 이어서 런던마라톤대회도 타라스포츠가 나이키와 아디다스 등을 제치고 스폰서를 따냈을 정도다.

히말라야 꼭대기에서 작은 눈덩이를 뭉쳐서 굴린 것이 점점 커져서 감당하기 어려울 정도가 되었다.

그렇지만 그 거대한 눈덩이는 아직 히말라야의 중간까지도 내려오지 않았다.

민영이 정식으로 총괄본부장이 된 타라스포츠는 현재 T&L 그룹의 모체인 T&L해양조선을 1/4분기 매출에서 추월해 버리는 기염을 토했다.

그리고 이런 추세라면 올해 총매출에서 타라스포츠가 T&L 해양조선의 2배가 될 것이라는 전망이 나오고 있다.

민영이 대학 3학년 때 자신이 짠 기획안을 들고 그룹에 찾아갔을 때 부친은 그룹에 구멍가게를 하나 내준다는 생각으로 민영의 기획안을 허락하여 타라스포츠가 출범했었는데, 이제는 그 구멍가게가 T&L그룹의 핵심이 되고 말았다.

이 모든 것이 가능했던 이유가 오로지 태수 덕분이라는 사실에 이의를 제기할 사람은 아무도 없을 것이다.

태수가 마라톤에서 은퇴를 한다고 해도 매출에는 별 지장이 없을 정도로 타라스포츠는 크게 성장했으며 태수의 영웅적인 위치는 탄탄하다.

또한 태수가 은퇴를 하더라도 타라스포츠의 광고, 홍보모델은 계속할 것이므로 매출이 신장하면 신장했지 축소되지는 않을 터이다.

"모두 짐작하겠지만 내 목표는 그랜드슬램이야. 런던마라톤 대회까지 6개를 석권하는 거지."

태수의 말이 이어지자 모두들 숙연한 분위기가 됐다.

"마라톤 풀코스 2시간대의 벽을 깬 것과 그랜드슬램을 달성하고 나면 내가 뭘 더 할 수 있겠어?"

태수 말이 맞다. 인간으로서 이룰 수 있는 모든 것을 이루었는데 이제 마라톤에서 무엇을 목표로 달리겠는가.

민영은 물론 아무도 입을 열지 못했다. 자신들이 태수 입장이라고 해도 마라톤을 그만둘 수밖에 없는 상황이다.

"민영아."

"응?"

태수가 부르자 오른쪽에 앉은 민영은 태수의 손을 만지작거리면서 고즈넉이 대답했다.

"타라스포츠에서 뭘 만들고 있지?"

그의 뜬금없는 물음에 민영은 크고 서글서글한 눈을 깜빡거렸다.

"스포츠용품은 거의 다 만들고 있지."

"바이크도 만드냐?"

"바이크?"

"자전거 말야."

"자전거는 왜……."

그러다가 민영은 뭔가를 깨닫고 소리쳤다.

"오빠 트라이애슬론 하려는 거야?"

"그래."

민영은 흥분한 얼굴로 재빨리 머리를 굴렸다.

"타라스포츠에서 트라이애슬론 용품은 만들지 않아."

"그쪽에 진출해 보는 건 어떻겠냐?"

"자전거하고 라이딩 관련용품 시장은 어마어마하게 커. 게

다가 수영용품까지 하면……."

"괜찮을 거 같니?"

민영은 태수를 쳐다보며 밝은 목소리를 냈다.

"손 내봐."

태수가 손바닥을 내밀자 민영은 하이파이브를 하며 외쳤다.

짝!

"대박!"

민영은 갑자기 기운이 넘치는 것 같았다.

"지금부터 트라이애슬론에 대해서 공부해야겠어!"

그녀는 두 손으로 태수의 양 뺨을 잡더니 그가 어떻게 할 새도 없이 뽀뽀를 했다.

쪽!

"오빠 정말 대단해!"

밤 11시. 샤워를 하고 나온 태수는 침대에 누웠다.

잠시 후에 고승연이 샤워를 하고 나와 팬티와 브래지어만 입은 모습으로 옆 침대로 올라가 누웠다.

태수가 마라톤대회에 나갈 때를 제외하고 고승연은 태수 곁에 그림자처럼 붙어 있기 때문에 지금처럼 호텔에 묵을 때에도 침대 두 개짜리 방을 얻는다.

"불 끌게요."

탁!

고승연이 침대 머리맡의 스탠드 불을 끄자마자 누가 방문을 두드렸다.

똑똑똑…….

고승연은 베개 밑에 감춰둔 권총을 집고는 쏜살같이 침대에서 내려가 방문 옆에 섰다.

"누구십니까?"

"저 나라예요, 언니."

문 밖에서 신나라 목소리가 들렸다.

척—

그런데 고승연이 문을 열어주니까 신나라만이 아니고 티루네시와 마레, 손주열까지 밖에 서 있었다.

앞에 서 있는 신나라가 말했다.

"오빠에게 할 말이 있어요."

고승연이 태수를 쳐다보자 그는 침대에서 내려와 실내의 전등을 켜며 고개를 끄떡였다.

"들어오라고 해라."

신나라와 티루네시, 마레는 고승연과 목욕도 같이 하기 때문에 그녀가 팬티에 브래지어 차림이라고 해도 개의치 않았지만 맨 뒤에서 들어오던 손주열은 고승연의 거의 벌거벗은 늘씬하고 풍만한 모습에 눈을 동그랗게 떴다.

척!

"돌아서!"

"흐익!"

고승연이 권총을 겨누며 소리치자 손주열은 비명을 지르며 급히 돌아섰다.

아닌 밤중에 태수군단이 모두 소파에 둘러앉았다.

손주열이 태수를 보면서 진지하게 말했다.

"아까 네가 한 말을 듣고 나서 우리끼리 상의를 해봤는데 우리도 런던마라톤대회를 끝으로 트라이애슬론을 하기로 결정했어."

태수는 이미 예상하고 있었기 때문에 놀라지 않았다. 그러나 티루네시와 마레까지 트라이애슬론으로 전향하겠다고 할 줄은 몰랐다.

"티루네시하고 마레도 결정한 거야?"

티루네시는 다부진 표정을 지었다.

"태수가 마라톤을 하지 않으면 우리도 하고 싶지 않아."

"그렇다고 무턱대고 트라이애슬론을 할 수는 없어."

티루네시는 똑바로 태수를 주시했다.

"태수는 트라이애슬론 해봤어?"

"해본 적 없어."

"트라이애슬론을 한 번도 해보지 않은 건 태수나 우리나 마찬가지야."

"그래."

"우린 마라톤훈련을 하면서 수영하고 바이크를 많이 해봤어. 그러니까 트라이애슬론에서도 잘할 수 있을 거야."

태수는 진지한 표정으로 모두를 천천히 쳐다보았다.

"다들 결심이 선 거야?"

손주열이 빙그레 웃었다.

"트라이애슬론에서는 내가 너보다 잘하게 될지도 몰라."

"제발 그러길 바란다."

티루네시는 거만한 표정을 지었다.

"나도 태수처럼 여자 마라톤에서는 일인자가 됐으니까 더 오를 곳이 없어. 은퇴할 때가 됐어. 이제는 새로운 세계에서 일인자가 돼보고 싶어."

보스턴마라톤대회에서 티루네시는 여자 1위를 했다. 또한 2시간 16분 44초를 기록하여 쇼부코바가 갖고 있던 세계 2위의 신기록 2시간 16분 47초를 3초 앞당겨서 새 기록을 수립했다.

티루네시는 동마에서 쇼부코바에게 3초 차이로 우승을 뺏겼었는데 이번에는 쇼부코바의 기록을 3초 앞당기면서 보스턴마라톤대회에서 우승을 거머쥐었다.

보스턴마라톤대회에서는 마레가 2위, 신나라 3위, 쇼부코바가 4위를 했다.

쇼부코바는 태수를 페메로 삼아서 하프 가까이 같이 달렸지만 이번에는 통하지 않았다. 아마도 보스턴마라톤대회에는 언덕이 많았기 때문인 것 같다.

마레는 독한 표정을 지으며 티루네시를 쳐다보았다.

"마라톤에서 나는 항상 티루네시 언니보다 못했는데 트라이애슬론에서는 언니를 이겨보고 싶어."

"흥! 어림도 없다."

태수는 잠자코 있는 신나라에게 물었다.

"나라 너는?"

신나라는 주저주저하면서 겨우 말했다.

"오빠가 은퇴하면 저는 마라톤에서 힘 못 쓸 거예요."

"어째서?"

신나라가 얼굴을 붉히면서 대답을 하지 못하니까 윤미소가 웃으면서 대신 대답했다.

"나라 쟤는 태수 팬티 없으면 맥을 못 추잖아."

신나라는 두 주먹을 불끈 쥐고 용기를 내서 말했다.

"오빠 팬티만 주시면 지옥이라도 따라갈 거예요."

티루네시가 트레이닝복을 입고 있는 자신의 아랫배를 툭툭 두드렸다.

"나는 평소에도 태수 팬티 늘 입고 다니잖아. 이러면 행운
이 막 굴러 들어오더라고."

"아하하하하하하!"

"대박이다, 정말. 깔깔깔깔깔!"

다음 날 아침 태수는 런던 템즈 강변의 잘 가꾸어진 자전
거도로를 태수군단과 함께 조깅했다.

타타타타탁탁탁탁—

"태수, 몸 괜찮아?"

오른쪽에서 달리고 있는 티루네시가 태수에게 물었다.

"좀 뻐근해."

"10㎞만 달리자. 무리하면 안 좋아."

"오케이."

태수군단이 조깅을 하고 있는 자전거도로의 앞뒤로는 런던
기마경찰이 호위를 하고 있으며, 도로 양쪽으로는 30m 간격
으로 완전무장한 경찰들이 죽 늘어서 경계를 하고 있다.

태수가 도쿄마라톤대회 때 테러를 당한 일이 있었기 때문
에 런던 경찰은 바짝 긴장하고 있다.

태수군단이 조깅을 마치고 호텔로 돌아와 입구로 걸어가고
있을 때 누군가 태수를 큰소리로 불렀다.

"한태수 씨!"

태수가 쳐다보니까 아주 작은 여자아이가 태수에게 다가오려다가 런던 경찰의 제지를 당하면서 계속 소리쳤다.

"한태수 씨! 꼭 할 말이 있어요! 잠깐만 시간을 내주세요!"

경찰들에 의해서 강제로 물러나고 있는 여자아이는 아이가 아니었다.

워낙 작고 마른 체구라서 아이로 보였을 뿐이다. 태수가 자세히 보니까 20대 초반의 아가씨인데 배낭 하나를 메고 있으며 노트북 케이스를 가슴에 안고 있었다.

태수는 즉시 그쪽으로 걸어가며 경찰들에게 말했다.

"그녀에게서 손을 떼십시오!"

경찰은 경계를 늦추지 않았다.

"위험할 수도 있습니다."

태수는 미소 지으면서 손을 뻗어 아가씨의 팔을 잡았다.

"전혀 위험하지 않습니다. 이 사람은 한국인입니다. 한국인은 절대로 저를 해치지 않습니다."

그 말을 듣고서야 경찰들이 물러났다.

태수는 아가씨를 데리고 호텔 자신의 방으로 올라갔다.

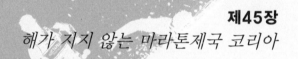

제45장
해가 지지 않는 마라톤제국 코리아

박연화는 올해 21살이며 중앙대학교에 재학 중인 대한민국 국민이다.

　그러나 그녀는 얼마 전까지만 해도 중국 땅을 떠돌던 탈북자였으며 그 전에는 북한 사람이었다.

　박연화의 부모는 북한의 현실에 대해서 불만을 드러냈다는 사소한 이유로 체포되어 정치범수용소에 끌려가 갔혔다.

　박연화는 언니와 함께 북한을 탈출하는 과정에 돈을 받고 탈북을 돕던 중국인 브로커에 의해서 인신매매를 당하는 위기에 처했으나 언니가 브로커를 끌어안고 기회를 만들어주어

박연화는 가까스로 도망쳤고 언니는 어디론가 사라져 버렸다.

언니를 찾아 헤매면서 홀로 연변을 떠돌던 박연화는 운 좋게 한국인 선교사를 만나 그의 도움으로 제3국인 태국으로 밀입국했다가 난민 자격을 획득하여 대한민국에 입국했었다.

그 당시 박연화의 나이는 18세였으며, 일정한 조사와 교육을 받은 후 대한민국에 정착하여 대학생이 되었지만 한시도 북한에 두고 온 부모님과 중국에서 실종된 언니를 잊은 적이 없었다.

그녀는 백방으로 손을 써서 북한의 부모님에 대해서 수소문을 했다.

그 결과 아버지는 정치범수용소에서 밉보인 보위원에게 매를 맞다가 견디지 못해 돌아가셨고, 그 후에 어머니는 굶어서 돌아가셨다는 청천벽력 같은 소식을 듣게 되었다.

박연화는 극심한 충격에 빠져서 식음을 전폐하고 매일 눈물만 흘리며 슬퍼하다가 지난날 연변에서 그녀의 대한민국 입국을 도와주었던 선교사의 위로와 설득으로 다시 기운을 차려 겨우 자리를 털고 일어났다.

이후 그녀는 정치범수용소에서 비참하게 죽은 부모님과 중국인 브로커에게 인신매매로 팔려간 언니에 대한 일을 많은 사람들에게 알려야겠다고 다짐했다.

그리고 그런 일을 하다 보니까 자연스럽게 북한의 참혹한

실상을 대한민국을 비롯한 여러 나라에 낱낱이 밝히는 일로 발전하게 되었다.

박연화는 북한의 실상을 유럽 여러 나라에 알리기 위해서 선교사, 즉 목사님과 함께 단둘이 신도들이 모아준 얼마 안 되는 돈을 경비로 왔지만 아직 이렇다 할 일을 해내지 못하고 있었다.

한국을 출발할 때는 인권선진국인 유럽의 여러 인권단체가 많은 사람에게 강연을 할 기회를 만들어줄 것이라고 막연하게 기대했으나 그런 행운은 박연화에게 한 번도 일어나지 않았다.

그래서 박연화는 거리에서 가두 강연을 강행했고 그 때문에 수도 없이 경찰에 연행됐었다.

그러다가 이제 경비도 바닥이 나서 아무런 성과도 없이 귀국을 해야만 하는 상황이었는데, 대한민국의 마라톤 영웅이며 전 세계 스포츠 대스타인 윈드 마스터가 런던에 왔다는 소식을 들은 박연화가 목사님의 만류도 뿌리치고 지푸라기라도 붙잡는 심정으로 윈드 마스터가 묵고 있다는 호텔로 한달음에 달려왔다는 것이다.

"연화 씨, 밥 먹었어요?"
박연화의 긴 설명을 듣고 난 태수는 미소를 지으며 그녀에게 물었다.

태수군단이 새벽 6시에 조깅을 한 시간 동안 뛰고 왔으므로 호텔 입구에서 태수를 기다리고 있던 박연화가 아침밥을 먹었을 리가 없다.

"밥 먹으러 갑시다."

태수는 일어나서 박연화의 손을 잡아끌었다.

호텔에서 가까운 한식당에서 식사를 하는 도중에 연락을 받고 박연화의 일행인 목사님이 달려와서 합류했다.

한식당 입구는 런던 경찰들이 철통같이 지키고 있으며, 바깥쪽에는 수십 명의 기자가 윈드 마스터를 취재하기 위해서 진을 치고 있다.

영국의 국영 BBC방송국을 비롯하여 유럽 유수의 방송사들이 태수에게 방송에 출연해 달라는 간곡한 요청이 쇄도했었으나 태수 측에서 완강히 거절을 하고 있는 상황이다.

이윽고 식사를 하고 난 태수가 윤미소에게 말했다.

"미소야, 기자들을 모두 들어오게 해라."

태수는 한식당 안에 가득 모인 기자들 앞에 서서 완벽한 영어로 설명했다.

"런던마라톤대회가 끝난 다음 날부터 나는 유럽을 순회하면서 각국의 오직 한 방송국에만 출연하겠습니다. 단, 조건이 있습니다. 여기 이분들을 먼저 방송에 출연시켜 강연을 하게 해주십시오."

태수는 엉거주춤 일어선 박연화가 목사님을 가리켰다.

"이분들을 가장 먼저 출연시키는 방송에 내가 가장 먼저 출연하게 될 것입니다. 이후 나는 이분들을 출연시킨 순서에 따라서 방송에 출연할 생각입니다."

한식당 내에 고요한 정적이 흘렀다. 그러나 그것도 잠시, 수십 명의 유럽 각국에서 파견된 기자들은 갑자기 고함을 지르면서 박연화와 목사님에게 달려들었다.

호텔로 돌아온 태수는 민영에게 부탁했다.

"민영아, 이제부터 타라스포츠가 연화 씨하고 목사님 뒤 좀 봐드려라."

"알았어, 오빠."

민영은 해사하게 미소 지으며 대답하고는 방 밖에 대고 뾰족하게 외쳤다.

"장 비서! 들어와요!"

민영의 수행비서인 장 비서가 총알처럼 달려 들어와 부동자세를 취했다.

민영은 가시방석에 앉은 듯 꼿꼿한 자세로 소파에 앉아 있는 박연화와 목사님을 한 번 보고는 장 비서에게 지시했다.

"유럽에 우리 타라스포츠 대리점이 몇 개나 진출해 있나요?"

"37개입니다."

"모두에게 연락해서 이분들이 그 도시에 도착하면 공항에서부터 호텔, 강연회까지 전 과정을 VVIP로 모시라고 지시하세요."

"알겠습니다."

태수는 녹차를 따라서 박연화와 목사님 앞에 놓으며 넌지시 말했다.

"경비도 떨어졌을 텐데 좀 드려야지."

"아참! 장 비서, 파운드하고 달러로 천만 원 갖고 와요."

박연화와 목사님은 놀라서 눈을 커다랗게 떴다. 두 사람이 대한민국을 떠날 때 지닌 돈이 천만 원이었다.

"쪼잔하게 천만 원이라니… 쯧쯧……."

태수가 혀를 차자 민영은 화들짝 놀랐다.

"적나? 헤헷… 그럼 얼마쯤 드리면 될까?"

"됐다, 내가 드리지 뭐. 미소야."

"오빠 죽을래? 내가 한다니까!"

민영은 태수 옆에 앉더니 두 손으로 그의 목을 잡고 마구 흔들었다.

결국 민영은 타라스포츠 이름으로 박연화와 목사님에게 1억
원을 기부했다.

박연화는 꿈을 꾸는 듯한 표정으로 눈물을 흘리면서 태수
를 바라보았다.

"뭐라고 감사해야 할지 모르겠어요······."

태수는 차를 마시면서 씁쓸한 표정을 지었다.

"사실 나는 북한의 참상이나 탈북자 일을 전혀 알지 못했었
고 관심도 없었어요. 그런데 보스턴마라톤대회 며칠 전에 우
연히 어떤 분의 연설을 들었어요."

태수는 노트북을 가져와서 자신이 4일 전 밤에 혼자서 보
다가 끝내 눈물을 흘리고 말았던 유튜브의 영상을 틀었다.

UN주재한국대표부 오준 대사 연설 전문.

—2년 전 한국이 유엔안전보장이사회의 비상임이사국으로
처음 회의에 참여했을 때 북한의 미사일과 핵문제를 논의했
습니다. 그리고 처음에 이어 오늘 이 마지막 회의에서도 북
한 인권을 얘기하고 있습니다. 단지 우연의 일치겠지만 제
마음은 무겁기만 합니다. 왜냐하면 대한민국 사람들에게 북
한 주민은 그저 아무나(Anybodies)가 아닙니다. 대한민국 수

백만 명의 이산가족에겐 아직 북쪽에 그들의 가족이 남아 있습니다. 비록 그들의 목소리를 직접 들을 수 없고, 그 분단의 고통은 엄연한 현실이지만 우리는 알고 있습니다. 겨우 수백 km 떨어진 그곳에 그들이 살고 있다는 걸 말입니다. 북한인권조사위원회(COI) 보고서에 적힌 인권침해의 참상을 읽으면서 우리 가슴도 찢어지고 탈북자의 증언을 들으면서 마치 우리가 그런 비극을 당한 것처럼 같이 울지 않을 수 없고, 슬픔을 나누게 됩니다. 먼 훗날 오늘 우리가 한 일을 돌아볼 때, 우리와 똑같이 인간다운 삶을 살 자격이 있는 북한 주민을 위해 '옳은 일을 했다'고 말할 수 있게 되길 진심으로 기원합니다.

박연화는 테이블에 엎드려서 통곡했다. 매 맞아 죽은 아버지와 굶어서 죽은 엄마가 오늘따라 너무 보고 싶었다.

*   *   *

4월 24일 런던마라톤대회 당일 아침, 런던 그리니치 공원.

마라톤 풀코스 42.195km가 만들어진 곳이 바로 영국 런던이다. 1908년 제 4회 런던올림픽 이전까지는 마라톤 풀코스가 25마일(40.2km)이었다.

그런데 영국 국왕 에드워드 7세가 자신이 경기를 관전하는 로열박스 앞으로 골인지점을 바꾸라고 명령하여 2km 늘어난 42.195km가 탄생했다.

그리니치 공원 스타트라인 앞에는 200여 명의 세계 각국에서 모인 엘리트 선수들이 집결해 있다.

영국을 비롯한 전 세계에서 런던마라톤대회를 취재하기 위하여 몰려든 기자들의 카메라앵글은 오로지 한 사람 윈드 마스터 한태수에게 고정되어 있다.

2016년 런던마라톤대회에는 영국 마라톤의 살아 있는 전설이며 여자 마라톤 세계기록 보유자인 폴라 래드클리프가 엘리트 선수가 아닌 마스터즈 선수로 참가했지만 인기도는 윈드 마스터에 비할 바가 못 되었다.

또한 영국마라톤의 기대주인 모 파라도 출전하여 태수 옆에 서 있으나 태수를 촬영하는 카메라에 같이 잡히는 정도에 불과하다.

전 세계의 마라톤전문가들과 팬들의 관심사는 오로지 하나에 집중되어 있다.

일주일 전에 보스턴마라톤대회에서 우승을 한 윈드 마스터가 과연 런던마라톤대회에서도 우승을 차지할 수 있을 것인가라는 점이다.

만약 윈드 마스터가 런던마라톤대회마저도 우승을 한다면

역사상 그 누구도 이룬 적이 없었던 세계6대메이저마라톤대회 전체 석권이라는 전대미문의 금자탑을 쌓게 된다.

전 세계 마라톤 전문가들은 장담하고 있다. 만에 하나 오늘 이곳 런던에서 윈드 마스터가 그 어마어마한 대위업의 금자탑을 쌓는다면, 마라톤 풀코스 2시간대의 벽과 세계6대메이저마라톤대회 전체 석권이라는 대기록은 아마도 21세기 안에는 깨지지 않을 것이라고 말이다.

태수가 메이저마라톤대회 때마다 승부를 겨루었던 라이벌들, 즉 무타이와 키메토, 킵상, 키프로티치, 그리고 베켈레와 케베데, 네게세, 데시사 등은 오늘 대회에 참가하지 않았다.

그 대신 태수가 모르는 케냐 선수들과 에티오피아 선수들이 대거 참가했다.

그런데 전혀 뜻밖의 선수가 참가해서 사람들의 눈길을 끌었는데 바로 일본의 무사시노다.

보스턴마라톤대회에서 태수를 앞지르기도 하고 뒤따르기도 하면서 줄곧 오버페이스를 하다가 끝내 리타이어하고 말았던 무사시노가 일주일이 지난 오늘 런던마라톤대회 스타트라인에 떡하니 모습을 드러낸 것이다.

윈드 마스터의 라이벌로 무타이나 키메토, 베켈레, 케베데 같은 세계 최정상급 선수들이 전 세계 방송사들에 의해서 선정된 바 있는데 무사시노도 그 가운데 한 명이다.

그러나 무사시노 앞에는 '코미디언 같은'이라는 수식어가 하나 붙었다.

무사시노가 마라톤대회에서 본의 아니게 보는 사람들을 많이 웃게 만들었기 때문이다.

그래서 방송사들이 취재를 하다가 자연스럽게 만들어준 닉네임이다.

그렇지만 무사시노 본인은 물론 일본인들은 그 닉네임을 전혀 좋아하지 않았다.

어쨌든 '코미디언 같은 라이벌 무사시노'도 런던마라톤대회에 출사표를 던졌다.

태수는 뒷줄에 서 있는 무사시노에겐 신경도 쓰지 않고 옆에 있는 모 파라와 웃으면서 대화를 나누고 있다. 모 파라하고는 작년 베이징세계육상선수권대회를 하면서 많이 친해졌었다.

영국 방송사들은 윈드 마스터가 자국의 모 파라하고 친하게 대화하는 모습을 자랑스럽게 방송에 내보내느라 여념이 없다.

취재기자들이 태수와 모 파라의 대화를 따려고 마이크를 갖다 대고 있는데, 마침 뒷줄의 무사시노가 태수와 모 파라 사이를 비집고 얼굴을 내밀어 태수를 보면서 싱긋 미소를 지었다.

"오늘도 잘 부탁한다, 윈드 마스터."

코미디언 같은 라이벌 무사시노의 그런 모습과 말이 전파를 타고 송출되자 그 순간 전 세계가 파안대소를 했다는 후문이 전해졌다.

단상의 사회자가 윈드 마스터의 세계6대메이저마라톤대회 전체 석권이 런던마라톤대회 하나만 남았으며 오늘 그 위대한 일이 이루어지길 빈다는 말을 하자 그곳에 모인 모든 사람이 우레 같은 함성을 터뜨리며 박수를 보냈다.

사회자가 말을 이었다.

"부디 윈드 마스터가 서울국제동아마라톤대회에서 수립한 1시간 58분 52초의 기록이 오늘 깨지기를 간절히 기원하겠습니다!"

와아아아―

마치 천둥 같은 함성이 그리니치 공원을 들썩이게 했다.

모 파라가 웃으면서 태수에게 말했다.

"대기록을 이루기 바란다."

"고마워."

모 파라가 찡긋 윙크를 했다.

"그 대신 우승은 나한테 양보해."

태수는 빙그레 미소만 지을 뿐 대답하지 않았다.

"오빠!"

스타트라인 옆쪽 인파 속에서 민영의 목소리가 들렸다.

태수와 같이 그쪽을 쳐다보던 모 파라의 눈이 휘둥그렇게 떠졌다.

"으헉! GGM이다!"

GGM은 세계인들이 민영을 부르는 애칭인데 '그레이트 글래머 민영'의 이니셜이다.

민영이 자기 옆을 가리켰다. 그녀 옆에 서 있는 박연화가 두 손을 입에 대고 나팔을 만들어 태수에게 외쳤다.

"태수 오라버니! 꼭 우승하시라요!"

태수는 빙그레 미소 지으며 박연화에게 손을 흔들었다.

타앙—

총성이 울리고 200여 명의 엘리트 선수가 스타트라인을 박차고 파도처럼 도로를 내달렸다.

타라스포츠의 멋들어진 푸른색 싱글렛과 팬츠를 입고 블루 계통의 고글을 쓴, 그리고 가슴에 배번호 1번을 단 태수는 힘차게 달려 나갔다.

파파파파파팟—

그와 동시에 스타트라인 양쪽에 늘어선 수백 명 취재진의 카메라들이 일제히 카메라 플래시를 터뜨렸다.

윈드 마스터가 스타트하는 모습은 수많은 기자가 촬영하여 명장면으로 남기고 싶어 하는 것으로 알려져 있다.

태수의 이번 대회 작전은 이븐 페이스다. 그가 이븐 페이스로 가려는 것은 2개의 큰 이유 때문이다.

첫째, 할 수만 있다면 자신이 동마에서 세웠던 1시간 58분 52초의 기록을 오늘 경신하고 싶다.

어차피 오늘 런던마라톤대회가 태수로서는 마지막 대회이기 때문에 그런 욕심이 생길 수밖에 없다.

둘째, 솔직히 태수는 오늘 자신의 컨디션이 어떤 상태인지 잘 모르고 있다.

어디 아프거나 불편한 곳은 없다. 하지만 딱히 아주 만족할 만한 컨디션도 아니다.

마라톤 풀코스를 완주하고 나면 최소한 한 달 동안 푹 쉬면서 조깅이나 LSD를 뛰어줘야 제 컨디션을 찾을 수 있다는 게 정설이다.

그렇지만 태수는 보스턴마라톤대회에서 죽자 사자 전력을 다해서 뛰고는 불과 일주일 만에 런던마라톤대회에 나선 것이다.

제대로 따지면 6일 만의 출전이다. 미국에서 대서양을 건너오는 터라서 날짜 변경선을 넘었기 때문에 하루를 번 것이지만, 그렇다고 해서 태수가 하루를 더 휴식한 것은 아니다.

마라톤에는 이런 말이 있다. 최상의 컨디션은 위험하다. 오버페이스를 할 수 있기 때문이다.

가장 좋은 컨디션은 어딘가 약간 피곤한 듯하면서도 몸이 찌뿌듯하고, 그래서 달리면 다리가 조금 아픈 듯 뻐근한 상태다. 그런 몸은 달리면서 정상 궤도를 되찾고 후반에는 완전히 회복하게 된다.

지금 태수의 몸 상태가 그렇다. 하지만 누적된 피로가 덜 풀려서일 가능성이 크다. 연일 강행군을 하고 있는데 컨디션이 좋을 리가 없다.

어쨌든 태수는 일단 이븐 페이스로 달리면서 몸 상태의 이상 유무를 체크해 보려고 한다.

타타타타타탓탓탓탓탓—

아주 거대한 덩어리가 태수를 중심으로 이루어진 상태에서 달리고 있다.

전 세계에서 마라톤을 하는 사람이라면 엘리트 선수든, 아마추어든, 마스터즈든, 학생이든 수백만 명이 태수의 마라톤 기술과 전략을 교과서로 삼고 맹훈련을 하고 있다.

윈드 마스터 한태수가 마라톤의 절대자라는 사실에 의문을 제기할 사람은 아무도 없다.

그렇기 때문에 이번 대회에 참가한 엘리트 선수 대부분이 태수를 중심으로 뭉쳐서 함께 달리고 있는 것이다. 절대자를 따라서 하면 절대자까지는 못 된다고 하더라도 최소한 그 비슷하게는 될 것이기 때문이다.

하지만 그에 반하는 선수들도 있다. 윈드 마스터를 절대자로 인정하기는 하지만 그를 능가해 보려는 선수들이다.

그들은 태수를 앞질러 쏜살같이 달려 나갔으며, 그 무리에는 저 유명한 '코미디언 같은 무사시노'도 끼어 있었다.

그렇지만 태수를 중심으로 뭉쳐 있던 백여 명의 그룹은 채 1km를 달리기도 전에 뿔뿔이 흩어졌다.

이유는 간단하다. 태수가 km당 2분 45초의 빠른 속도로 달리고 있기 때문이다.

km당 2분 45초의 속도를 이븐 페이스로 잡으면 풀코스를 1시간 56분대에 골인할 수 있다.

태수는 오늘 이 대회에서 종전 자신의 최고기록 1시간 58분 52초를 깨는 것을 잠정 목표로 삼았기 때문에 일단 km당 속도를 2분 45초 이븐 페이스로 잡았다.

최초에 태수와 함께 달리던 100여 명은 대부분 뒤로 처졌지만 그래도 속도를 늦추지 않고 따라오는 선수가 20여 명 정도 있다.

아무리 스타트 직후의 초반이라고 해도 km당 2분 45초의 속도로 달리는 선수는 흔하지 않다. 있다면 태수와 그를 따르는

20여 명, 그리고 선두그룹뿐이다.

태수는 자신의 컨디션이 어떤지 확인할 때까지 km당 2분 45초로 계속 달린다는 작전이다.

만약 컨디션이 따라준다면 오늘 다시 한 번 대박을 터뜨려 볼 것이지만, 그렇지 않다면 컨디션과 속도를 조절하여 우승으로 만족할 생각이다.

한편으로는 대한민국 서울 동마에서 수립한 1시간 58분 52초를 대한민국에서 세웠다는 이유 때문에 기념비적으로 남겨두고 싶기도 하지만, 어디 마라토너의 심정이 그런가. 기록이란 깨라고 있는 것이다.

태수와 함께 달리는 20여 명 속에는 모 파라와 태수군단 티루네시와 신나라, 마레, 손주열이 속해 있다.

티루네시와 신나라, 마레는 5km까지, 손주열은 15km까지 같이 가다가 떨어져 나가는 작전을 세웠다.

태수와 모 파라가 선두에서 그룹을 이끌었다.

타타타탁탁탁탁탁탁—

출발 전에 모 파라는 여유 있게 농담을 하더니 막상 스타트하자 매우 진지해져서 입도 벙긋하지 않았다.

20m 앞에 선두그룹이 달리고 있으며 무사시노의 모습도 보였다. 하지만 조금씩 거리가 좁혀지고 있다.

선두그룹은 7명인데 무사시노는 중간에 끼어 있다. 선두그룹의 선두는 누군지 선수들에 가려서 잘 보이지 않았다.

그런데 달리고 있는 태수 오른쪽으로 한 선수가 치고 나와서 슬쩍 쳐다보니까 놀랍게도 베켈레가 아닌가.

그와 동시에 모 파라 옆으로도 케베데가 치고 나와서 나란히 달리기 시작했다.

스타트라인에서도 베켈레와 케베데를 못 봤었는데 이제 보니까 태수를 놀래줄 속셈이었던 것 같다.

베켈레와 케베데는 똑같이 태수를 보면서 싱긋 미소를 지으며 인사했다.

"헤이! 태수!"

"우리 또 만났네, 태수!"

태수는 어이없는 표정을 지었다.

"당신들 미쳤군."

보스턴마라톤대회에서 베켈레는 2위, 케베데는 3위를 했었다. 베켈레의 기록은 2시간 2분 45초, 케베데는 2시간 2분 48초라는 굉장한 기록을 세웠다.

두 사람의 기록은 태수를 제외하면 현존하는 최고의 세계기록이다.

그들은 예전에 2시간 4~5분대가 최고기록이었는데 태수와 경기를 하면서 조금씩 기록이 좋아지더니 마침내 보스턴마라톤대회에서는 잭팟을 터뜨리고 말았다.

모 파라가 진지한 얼굴로 태수와 베켈레, 케베데를 둘러보면서 한마디 툭 던졌다.

"당신들 셋 다 미쳤어."

모 파라가 보기엔 3명 다 미친 게 분명했다.

베켈레가 태수에게 물었다.

"태수, 이번 대회를 끝으로 은퇴한다는 게 사실이야?"

아마 같은 에티오피아 사람인 티루네시나 마레에게 들은 모양이다. 베켈레는 그녀들과 친하다.

태수는 부인하지 않았다.

"그래."

"와우!"

기쁨의 탄성이 케벨레와 케베데, 모 파라의 입에서 동시에 터져 나왔다.

마라톤계에서 절대강자가 은퇴를 하면 그 아래 포식자들이 대초원을 지배하게 될 것이다.

태수가 지난 일 년 동안 전 세계 메이저급 마라톤대회 우승을 독식해 오고 있는 바람에 다른 최정상급 선수들은 구경만 하고 있었던 게 현실이다.

런던마라톤대회는 순환코스로 이루어져 있다.

영국 왕실이 있는 버킹엄궁의 뜰에서 출발하여 비교적 좁은 도로를 따라서 달려 템즈강이 나오면 오른쪽으로 방향을 꺾는다.

주로에서는 국회의사당과 그윽한 종소리로 시간을 알려주는 빅벤 시계탑, 고딕 양식 교회 가운데 최고의 걸작으로 손꼽히는 웨스터민스터사원이 눈길을 사로잡는다.

템즈강 건너편에는 높이 135m의 회전관람차인 런던 아이(Eye)가 손에 잡힐 듯이 보인다.

그렇게 세인트제임스파크를 3.57㎞ 한 바퀴 돈 후에 다시 스타트했던 버킹엄궁으로 오면 이제부터 본격적인 레이스가 시작된다.

타타타타타타탁탁탁—

태수그룹의 20여 명이 12명으로 줄었다. 그래도 모 파라와 베켈레, 케베데, 그리고 태수군단은 꿋꿋하게 달리고 있다.

태수그룹 앞쪽의 선두그룹은 7명에서 4명으로 줄었다.

그런데 태수는 선두그룹의 선두를 나란히 달리고 있는 2명의 뒷모습과 달리는 주법이 왠지 눈에 익었다.

그때 2명 중에 한 명이 힐끗 뒤돌아보는데 맙소사! 킵상이다. 이 대회에 베켈레와 케베데만 온 게 아니라 킵상까지 왔다. 그렇다면 그 옆에서 달리고 있는 케냐 선수는 킵초게가 분명할 것이다.

킵상은 2014년 런던마라톤대회에서 2시간 3분 23초로 우승을 했었고, 킵초게는 작년 2015년에 2시간 4분 42초로 이 대회에서 우승을 차지했었다.

재작년과 작년 우승자인 킵상과 킵초게가 런던마라톤대회에 참가한 것은 이상한 일이 아니다. 다만 일주일 전에 보스턴 시내를 달렸던 사람은 태수와 베켈레, 케베데만이 아니라는 얘기다.

왼쪽의 트라팔가광장을 지나자 4㎞ 표지판이 나왔다. 거기까지 10분 56초가 걸렸다. ㎞당 2분 44초라는 매우 빠른 속도다.

태수그룹 전방 15m에서 선두그룹은 꾸준히 달리고 있다. 이것으로 선두그룹의 의도는 분명해졌다. 이 대회에서 태수를 이기고 말겠다는 뜻이다.

하긴, 태수도 인간이고 그들도 똑같은 인간이라고 생각한다면 못할 것도 없다.

특히나 런던마라톤대회 코스는 베를린마라톤대회 코스만큼이나 언덕이 거의 없는 평지로 이루어져 있다.

그러나 런던마라톤대회 코스에는 결정적인 함정이 있다. 좌회전 우회전 굴곡이 심하다는 사실이다.

그래서 마치 미로 속을 헤매듯이 끊임없이 구불구불한 도로를 달려야만 한다.

자료에 의하면 코스를 한 바퀴 도는 데 무려 31번의 ㄱ자 꺾임이 있다고 한다.

그런데 그런 13㎞ 길이의 순환코스를 3번이나 왕복해서 달려야만 한다.

그러면 ㄱ자 꺾임이 도합 93번이라는 얘기가 된다. 코너를 돌 때 자칫 실수라도 했다가는 발목이 꺾이거나 발목에 무리가 갈 수도 있다.

다치지 않더라도 코너를 돌 때 발목과 발바닥에 무리가 가는 것은 어쩔 수가 없는 일이다.

그러니까 런던마라톤대회는 달려본 선수에게 유리하다. 그들은 이 대회를 위해서 마치 쇼트트랙을 달리듯이 코너를 도는 훈련을 많이 했을 테니까 말이다.

킵상과 킵초게가 특히 그렇다.

타타타타타탁탁탁탁탁ー

선두그룹과 태수그룹은 오른쪽에 템즈강을 끼고 강변도로를 빠른 속도로 질주했다.

잠시 후 5㎞에서 티루네시와 신나라, 마레가 떨어져 나가기로 되어 있는데, 그녀들은 조금도 지치지 않은 것처럼 잘 따라오고 있다.

일주일 전 보스턴마라톤대회에서 자신들의 최고기록으로

1, 2, 3위를 휩쓴 타라 3자매는 이번 대회에서도 돌풍을 일으키겠다고 기염을 토하고 있다.

이번 런던마라톤대회에는 달라진 것이 하나 있다. 원래 지금까지의 런던마라톤대회는 남자 마라톤대회가 열리기 일주일 전에 여자 선수들만 따로 경기를 펼쳤었다. 그런데 이번부터 남자들과 함께 뛰도록 규정을 바꾸었다.

태수는 뒤에서 여자들의 말소리가 들려서 슬쩍 뒤돌아보았다. 태수에게서 5m 거리에 타라 3자매가 뭉쳐서 달리고 있는데, 그녀들 옆에 낯선 젊은 에티오피아 여자 선수가 보였다.

그러나 태수는 그 선수의 배번호가 1번인 것을 보고 그녀가 작년 런던마라톤대회에서 우승한 에티오피아의 티기스트 투파라는 사실을 깨달았다.

티루네시가 신나라와 마레에게 한국어로 말하고 있었다.

"태수 계속 따라가자."

투파가 알아듣지 못하게 하려는 것 같았다. 말하자면 타라 3자매가 태수를 계속 따라가면 투파가 제풀에 지쳐서 떨어져 나갈 거라는 얘기다.

오른쪽의 워털루다리를 지나자 야트막한 오르막이 나타났다.

그곳에서 선두그룹 후미를 달리고 있는 15m 거리의 무사시노가 힐끗 태수를 뒤돌아보았다.

자세히 보니까 무사시노가 태수를 보면서 입을 벙긋거리고 있는데 입모양으로 미루어 'Come on'이라는 말이 분명하다.

　무사시노 저놈은 얼마나 더 뜨거운 맛을 봐야지만 정신을 차릴지 모르겠다.

제46장
전설이 되다

템즈강에서 불어오는 바람이 너무 거세서 마치 태풍 같아 몸이 떠밀릴 정도다.

그러나 앞에서 불어오는 맞바람이 아니라 오른쪽에서 불어오기 때문에 그나마 다행이다.

태수는 현재 자신의 컨디션이 어떤지 아직 진단을 내리지 못했다. 스타트했을 때나 지금이나 컨디션이 별반 다르지 않았다. 이대로라면 오늘 대회를 무리 없이 치를 수 있을 것 같다.

그렇다면 구태여 km당 2분 45초로 달릴 필요가 없다. 아무리 태수라고 해도 그 속도로 계속 달리면 오버페이스를 하게 된다. 초반에는 조금이라도 체력을 비축하는 게 후반에 유리하다.

타타탁탁탁탁탁—

태수는 속도를 ㎞당 2분 47초로 2초 늦추었다. 2초라면 별 것 아닌 것 같지만 세계 최정상급 선수들이라면 즉시 알아차릴 수 있다.

그런데 태수그룹 12명 중에서 3명이 달리던 속도 2분 45초를 유지하면서 그대로 앞으로 달려 나갔다. 그들은 모 파라와 낯선 케냐 선수 2명이다.

보스턴마라톤대회에서 태수에게 배신을 때렸다가 뜨거운 맛을 봤던 베켈레와 케베데는 속도를 조금 늦춰서 태수 좌우에서 잠자코 달렸다.

두 사람은 자신들의 보스턴에서의 행동을 반성하는 듯 태수를 양쪽에서 호위했다.

베켈레와 케베데는 조금씩 거리를 벌리면서 멀어지고 있는 모 파라의 뒷모습을 보면서 묘한 미소를 지었다.

그 미소에는 '네가 아직 윈드 마스터를 잘 모르는구나?'라는 조롱의 의미가 담겨 있었다.

태수는 뒤를 돌아보았다.

현재 6㎞가 지났는데 아직도 타라 3자매가 따라오고 있는지 보려는 것이고, 혹시 쇼부코바가 이 그룹에 속해 있지 않은지 확인하려는 것이다. 쇼부코바는 보이지 않았다.

오늘 대회에 쇼부코바가 참가했다는 말을 듣기는 했는데 아직 그녀를 보지는 못했다.

보스턴마라톤대회 때 쇼부코바는 하프 가깝게 태수를 따라왔다가 오버페이스를 해 아깝게 4위에 그쳤다. 그 때문인지 이번에는 그녀가 태수그룹에 속하지 않았다.

조금 전 6㎞에 16분 36초였다. ㎞당 2분 46초. 아직도 조금 빠른 감이 있다.

태수는 속도를 조금 늦출까 하다가 조금 전에 앞질러 나간 모 파라와 2명의 케냐 선수가 조금씩 멀어지고 있는 걸 보고는 그냥 달리기로 했다.

체력과 컨디션이 제대로 받쳐 준다면 누구라도 세계기록을 깰 수도, 우승을 할 수도 있다. 그 사람이 모 파라가 아니라고 아무도 장담하지 못한다.

마라톤에서는 확신이라는 게 없다. 상자의 뚜껑을 열어봐야 안에 무엇이 들었는지 알 수 있듯이 마라톤도 마찬가지다. 끝나봐야 순위를 알 수 있다.

그러니까 거리를 너무 벌려놓는 것은 좋지 않다. 더구나 모 파라 앞에는 선두그룹이며 재작년 작년 우승자인 킵상과 킵초계까지 있다.

현재 선두그룹과 태수그룹의 거리는 40m, 모 파라하고는 20m 정도의 거리다. 적당하다. 언제든지 따라잡을 수 있는 거리를 두고 달리는 게 좋다.

"두고 봐, 태수. 모가 곧 선두를 추월할 거야."

베켈레가 히죽 웃으며 말했다. 베켈레는 모 파라와 매우 친하다. 베켈레는 나이가 33살로 태수나 모 파라보다 훨씬 많지만 누구하고나 두루뭉술하게 잘 지낸다. 그만큼 성격이 좋다는 뜻이다.

또한 베켈레는 모 파라하고 세계육상선수권대회에도 두 차례 같이 참가했었으며, 또 몇 번인가 마라톤대회에서 같이 뛰어본 적이 있어서 모 파라의 스타일을 잘 알고 있다.

태수는 작년 베이징세계육상선수권대회 때 모 파라, 베켈레와 5,000m, 10,000m를 뛰어봤기 때문에 모 파라의 지독한 승부 근성을 잘 알고 있다.

모 파라는 스퍼트가 강하고 마지막 피니시라인까지 포기라는 걸 모르는 전형적인 승부사다.

하지만 경기가 끝나면 환하게 웃으면서 승자를 축하해 주는 좋은 미덕의 소유자다.

더구나 모 파라는 영국 국민들의 기대를 한 몸에 받고 있기 때문에 이번 대회에 반드시 우승을 하려고 할 것이다.

만약 모 파라가 현 세계챔피언이자 세계기록 보유자인 태수를 이긴다면 모르긴 해도 영국이, 아니, 전 세계가 발칵 뒤집힐 것이다.

높이 올라가면 올라갈수록 추락할 때 고통은 심하다. 태수는 끝없이 정상으로 올라간 상태이기 때문에 추락한다면 뭇매를 두들겨 맞을 것이다.

바로 그때 베켈레의 예언대로 모 파라가 갑자기 속도를 높이기 시작했다. 태수하고의 거리가 쭉 멀어졌다.

같이 달리던 2명의 케냐 선수가 뒤로 쑥쑥 처지고 모 파라는 단독으로 선두그룹을 맹추격했다.

'모 파라는 런던 시내를 잘 알고 있을 거다.'

태수는 문득 그런 생각이 들었다. 런던에 살고 있는 모 파라는 시내 지리를 잘 알고 있을 테고, 런던마라톤대회를 2번이나 뛰어봤으니까 어디에서 어떻게 달려야 한다는 사실을 누구보다 잘 알고 있을 것이다. 그건 마라토너에게 매우 중요한 재산이다.

'안 되겠다.'

태수는 모 파라를 이대로 독주하게 놔두는 것은 좋지 않다는 생각이 들었다.

모 파라가 나중에 지칠 수도 있지만 지치지 않고 계속 질주한다면 골치 아파질 수 있다.

태수로선 모 파라를 추월할 생각은 없다. 다만 적당한 거리를 유지하려는 것일 뿐이다.

타타타타탁탁탁탁탁—

태수는 km당 2분 42초로 속도를 확 올려서 달려 나갔다.

이 정도 빠른 속도라면 티루네시와 신나라, 마레가 따라오지 못하겠지만 차라리 잘됐다. 타라 3자매는 지금쯤 떨어져 나갈 때가 됐다.

베켈레와 케베데는 태수의 의도를 알아차리고 속도를 높여서 부지런히 따라왔다.

태수는 타라 3자매가 어떤지 돌아보고 싶지만 돌아보지 않았다. 지금은 그럴 겨를이 없다.

태수는 조금 전까지 태수그룹이었다가 모 파라와 함께 달려 나갔던 2명의 케냐 선수를 추월했다.

아니, 그 2명은 추월을 당하자 태수그룹에 끼어들더니 같이 따라왔다.

모 파라는 혼자 독주하여 선두그룹 4명의 후미와 5m 거리를 유지하고는 속도를 늦추었다.

베켈레가 그걸 보고 피식 웃으며 말했다.

"저기 봐. 모가 폭스헌팅을 하고 있어."

태수가 여러 번 사용했던 '사냥몰이'를 전문가들이나 다른 선수들은 여우사냥, 즉 '폭스헌팅'이라고 부른다.

모 파라는 지금 속도로 달려서 선두그룹을 충분히 추월할 수 있는데도 의도적으로 속도를 늦추었다.

모 파라 정도의 선수가 꼬리에 붙으면 선두그룹이 도망칠 거라고 계산한 모양이다. 이른바 폭스헌팅 사냥몰이다. 그걸 모 파라가 쓰고 있다.

모 파라는 km당 2분 44~45초의 속도이고, 태수는 2분 42초이므로 오래지 않아서 거리가 15m로 좁혀졌다.

모 파라는 뒤쪽이 신경 쓰이면 자꾸 뒤돌아보는 습관이 있다. 지금도 예외가 아니다. 그는 쉴 새 없이 뒤돌아보면서 태수를 경계했다.

베켈레가 키득거렸다.

"모가 선두를 폭스헌팅한다면 우리는 뒤에서 모를 폭스헌팅하는 거야."

태수는 여기에서 구태여 사냥몰이를 할 생각은 없다. 그러나 상황이 그렇게 된다면 어쩔 수 없이 쓸 것이다.

선두그룹 4명의 선두는 킵상과 킵초게가 나란히 달리고 그 뒤를 케냐 선수 한 명과 무사시노가 나란히 달리고 있다.

무사시노는 자꾸 뒤돌아보는데 모 파라가 아니라 태수를 보고 있다. 아무래도 그는 무리하게 태수를 라이벌로 생각하고 있는 것 같다.

모 파라가 주춤거렸다. 치고 나갈 것인가 그대로 사냥몰이를 할 것인가 고민하는 듯한 모습이다.

태수는 그보다도 타라 3자매가 신경이 쓰여서 속도를 갑자기 늦춰서 그녀들하고 나란히 달리며 티루네시에게 말했다.

"티루, 그만 떨어져."

태수는 요즘 티루네시를 애칭으로 '티루'라고 부른다. 티루네시는 힐끗 왼쪽을 보았다.

거기에는 작년 이 대회 우승자인 티기스트 투파가 씩씩하게 나란히 달리고 있다. 아마도 티루네시는 투파를 견제하고 있는 것 같다.

태수는 투파의 최고기록이 작년 이 대회에서 낸 2시간 23분대라는 걸 알고 있다.

그렇다면 보스턴마라톤대회에서 2시간 16분대로 우승한 티루네시와 신나라, 마레의 라이벌이 될 수가 없다. 그런데도 신경을 쓰는 건 낭비다.

물론 마라톤에는 예외라는 게 얼마든지 존재하니까 투파가 타라 3자매를 이길 수도 있다. 하지만 개인의 기록을 무시할 수는 없다. 기록 면에서 투파는 절대로 타라 3자매의 상대가 아니다.

"날 믿어. 그만 떨어져."

"그래도……."

태수와 티루네시는 한국어로 말하고 있기 때문에 투파는

물론 베켈레도 알아듣지 못했다.

티루네시와 마레는 얼마 전에 한국 국적을 취득했다. 그래서 부지런히 개인 교습을 받은 덕분에 지금은 웬만한 표현은 한국어로 어설프게나마 할 수 있게 되었다.

태수는 그 말까진 하고 싶지 않았지만 티루네시의 고집을 꺾기 위해서는 어쩔 수가 없었다.

"내 팬티 입었잖아."

"아……."

티루네시는 이번 대회의 우승을 위해서 태수에게 특별히 주문 제작한 3일 동안 입은 냄새 나는 팬티를 받아서 곱게 착용하고 있다.

하루만 입어야 하는 팬티를 3일씩이나 입어야 했던 태수의 고역은 이루 말할 수가 없었다.

그런데 그걸 좋다고 달래서는 신나라와 마레에게 뺏기지 않으려고 투쟁까지 벌여서 입은 상태로 뛰고 있는 티루네시의 '태수팬티부적의 힘'을 맹신하는 것도 정말 할 말을 잃게 만든다.

티루네시는 태수의 말에 정신이 번쩍 들었는지 미소를 지으며 큰 눈을 반짝였다.

"알았어."

"꼭 우승해."

티루네시는 태수를 보고는 환하게 미소를 지어 보이더니 그제야 속도를 늦춰서 뒤로 물러났다.

그녀가 물러나자 신나라와 마레도 태수에게 손을 흔들어 보이고는 같이 속도를 늦추었다.

하지만 투파는 계속 베켈레 뒤에서 묵묵히 달리고 있다.

다시 속도를 높여서 그룹의 선두로 나선 태수는 전방을 보다가 움찔 놀랐다.

모 파라가 보이지 않았다. 아니, 모 파라뿐만 아니라 선두 그룹 전체가 사라져 버렸다. 그도 그럴 것이 전방 20m 거리에 급격한 좌회전이 있다.

"모는 선두로 나갔어."

베켈레가 설명해 주고는 어떻게 할 것인지 묻는 듯 태수를 쳐다보았다.

앞서 달리는 선수들이 모두 좌회전을 한 상태이고 모 파라가 선두로 치고 나갔다는 것이다.

태수는 문득 불길한 예감이 들었다. 태수가 잠깐 티루네시하고 얘기를 하는 사이에 모 파라가 선두로 치고 나갔다면, 어쩌면 태수를 떨어뜨리려고 스퍼트를 했을 수도 있다.

타타타타탁탁탁탁탁—

태수는 좌회전을 했다. 그런데 예상했던 것보다 훨씬 더 굽은 길이다.

이건 직각이 아니라 거의 U턴을 하는 듯한 수준이라서 속도가 확 줄었다.

게다가 급격하게 방향을 바꾸느라 발목이 꺾이고 왼쪽 장딴지가 잡아당기는 느낌이다.

그것만이 아니다. 지나치게 굽은 길이라서 안쪽으로 돌지 못하고 바깥쪽으로 멀리 도는 바람에 몇 m를 더 뛰었고, 그 순간 속도가 2분 55초로 뚝 떨어졌다.

그런데 더 문제는 전방에서 뛰고 있는 4명의 선수 중에서 모 파라의 모습이 보이지 않는다는 사실이다.

방금 좌회전을 한 태수그룹 전방에는 70m쯤 뻗은 직선도로가 있으며 오른편에는 세인트폴 대성당이 웅장하게 자리를 잡고 있는데, 35m 전방에 조금 전까지 선두그룹이었던 킵상과 킵초게, 무사시노, 또 한 명의 케냐 선수만 보일 뿐 모 파라는 없었다.

그렇다는 것은 그 짧은 시간에 모 파라가 스퍼트를 하여 70m 이상의 거리를 벌렸다는 뜻이다.

모 파라가 오버페이스를 하여 후반에 속도가 떨어지면 다행이지만, 그러지 않을 경우에는 거리를 많이 벌리는 것은 위험천만한 일이다.

타앗탓탓탓탓―

태수는 갑자기 스퍼트하여 질풍처럼 달려 나갔다.

베켈레와 케베데는 깜짝 놀라서 부랴부랴 속도를 높였으나 순식간에 태수하고 10m 이상 거리가 벌어졌다.

태수 앞의 킵상그룹이 세인트폴 대성당을 끼고 우회전을 하고 있다.

태수는 어쩌면 킵상그룹도 스퍼트를 할지 모른다고 생각했다. 태수가 스퍼트하는 걸 뒤돌아봤기 때문이다.

이렇게 되면 초반에 서로 진을 빼는 선두 다툼이 벌어지게 된다. 태수는 이런 걸 원했던 게 아니다.

그렇지만 상대가 먼저 싸움을 걸어오는데 피하고 싶지도, 피해서도 안 된다. 피하면 지는 것이다.

타타타타탓탓탓탓탓—

태수가 상체를 오른쪽으로 약간 쓰러뜨리는 자세로 달리면서 우회전을 하고 나서 보니까 과연 킵상그룹은 거의 전속력으로 도망치고 있는 중이다.

모 파라가 선두로 치고 나가니까 킵상그룹도 질세라 뒤쫓고 있는 것이다. 그리고 그것은 태수그룹도 예외가 아니다.

태수 전방 30m에 킵상그룹이, 그리고 60m에 모 파라가 혼자서 질주하는 모습이 보였다. 태수가 스퍼트를 하면서 거리를 조금 좁힌 결과다.

타타타탓탓탓탓탓—

태수는 조금 더 속도를 높였다. 스피드라면 누구에게도 지지 않는 그다.

킵상그룹이 쉴 새 없이 뒤돌아보면서 내빼고 있지만 태수의 스피드를 당해낼 수는 없다.

태수는 km당 2분 30초까지 속도가 올랐지만 킵상그룹은 2분 40초 이상 달리지 못했다.

태수가 킵상그룹을 추월하자 킵상과 킵초게, 무사시노 3명은 뒤로 처졌다고 기를 쓰고 태수하고 같이 달리려고 했다.

그러나 태수가 km당 2분 30초라는 엄청나게 빠른 스피드로 달리는 것을 도저히 감당하지 못하고 3명은 나란히 뒤로 밀려났다.

베켈레와 케베데는 태수 뒤 25m에서 전력 질주를 하고 있으나 오히려 태수하고의 거리는 조금씩 더 멀어지고 있다.

킵상과 킵초게, 무사시노는 태수하고의 거리는 멀어지고 있지만 베켈레, 케베데하고는 좁혀지지 않았다.

태수와 모 파라의 거리는 50m까지 좁혀졌다. 모 파라는 5,000m와 10,000m 선수였기 때문에 스피드라면 자신이 있다. 하지만 태수의 스피드를 이기지는 못한다. 그는 잠자는 사자를 잘못 건드렸다.

그런데도 모 파라는 속도를 줄이지 않고 km당 2분 35초의 속도로 내달려서 8km 지점 길드홀에 이르렀다.

여기까지 걸린 시간은 21분 43초. 스타트해서 여기까지 km

당 평균속도가 무려 2분 43초다.

만약 이런 속도로 2~3㎞만 더 달린다면 태수나 모 파라 둘 다 기진맥진해서 다른 선수들에게 어부지리를 줄 것이다.

그걸 태수나 모 파라 둘 다 알고 있으면서 최고 스피드로 달리고 있다.

모 파라는 태수에게서 조금이라도 멀어지려고, 태수는 거리를 좁히려고 역주를 하고 있다.

태수는 8㎞가 지나도록 모 파라가 스피드를 줄이지 않으니까 속에서 억하심정이 불끈 치밀었다.

'그래, 너 한번 죽어봐라.'

태수는 모 파라를 추월하고 나서도 스피드를 줄이지 않을 것이라고 작정했다.

그래서 모 파라를 뒤로 멀찌감치 뚝 떨어뜨려서 따끔하게 일침을 가할 셈이다.

전방 저 멀리에 런던탑이 보이는 직선도로에서 결국 태수는 모 파라를 잡았다.

타타타타타탓탓탓탓탓—

"하악… 하악… 하악… 하악… 하악……"

모 파라는 특유의 숨넘어가는 거친 숨소리를 내면서 태수를 쳐다보았다.

그러나 태수는 일부러 모 파라를 쳐다보지 않고 속도도 줄이지 않은 채 쑥쑥 치고 나갔다.

모 파라의 눈이 동그랗게 커졌다. 갑자기 뜨거운 물을 뒤집어쓴 것 같은 표정이다.

태수가 쳐다보지도 않고 빠르게 스쳐 지나가자 모 파라는 지독한 공포가 확 몰려들었다.

현재 모 파라의 속도는 ㎞당 2분 50초로 뚝 떨어져 있는 데 비해서 태수는 여전히 2분 30초다. 1㎞에 무려 20초 차이가 나면 무려 133m가 벌어진다.

모 파라는 도저히 태수를 따라갈 체력이 되지 않았다. 속도를 높여서 태수를 따라가려고 애썼지만 무의미한 몸부림일 뿐이다.

9㎞면 아직 초반인데 허파가 찢어질 것처럼 아프고 심장은 드럼을 두드리는 것처럼 박동했다.

그는 자신이 쭉 치고 나가 거리를 벌려놓으면 태수도 어쩔 수 없을 거라고 예상했는데 철저한 오판이었다.

모 파라는 자신이 이 정도면 태수도 비슷한 상황일 거라고 생각했는데 그 역시 오산이다.

그가 지켜보고 있는 가운데 태수는 아주 빠르게 멀어져 가더니 런던탑 앞에서 우회전하여 사라졌다.

모 파라는 태수가 자신하고는 전혀 다른 종족이라는 사실을 눈앞에서 지켜봐야만 했다.

베켈레와 케베데가 따라붙을 때가 돼서야 모 파라는 겨우
호흡이 조금 안정됐다.

베켈레는 모 파라와 나란히 달리면서 거친 숨을 몰아쉬며
꾸짖었다.

"헉헉헉… 모, 왜 그랬어?"

모 파라는 착잡한 표정이다.

"나도 몰라."

"태수 화났잖아."

모 파라는 베켈레가 태수의 측근처럼 굴고 또 자신을 꾸짖
는 게 싫어서 입을 다물어 버렸다.

태수는 모 파라를 150m쯤 앞선 곳에서 속도를 늦추었다.

"훅훅… 핫핫… 훅훅… 핫핫……."

생각 같아서는 이 기회에 500m 이상 앞섰다가 피니시까지
줄곧 혼자 달리는 것도 방법 중에 하나다.

하지만 그렇게 하면 아주 많이 지칠 것이다. 지금도 지쳤는
데 500m를 앞서기 위해서는 앞으로 최소한 3~4㎞를 더 조
금 전 같은 속도로 달려야 할 것이다.

그래서 태수가 극도로 지쳐서 속도를 늦추고 회복을 하고

있는 사이에 모 파라나 다른 선수들이 쫓아와서 추월할 수도 있다. 최악의 시나리오지만 충분히 가능한 일이다.

그것보다는 그냥 평범하게 가는 방법이 좋다. 이쯤에서 잠시 휴식을 취하면서 달리며 2위 그룹이 어떻게 나오는지 지켜보는 것도 하나의 방법이다.

타타타탁탁탁탁—

"후우우… 훅훅… 하아아… 핫핫……."

태수는 ㎞당 2분 50초의 속도를 늦춰서 달리며 잠시 휴식을 취하기로 했다.

태수는 왼쪽에 타워브릿지를 두고 다시 템즈 강변도로를 달리기 시작했다.

10㎞ 팻말이 보였고 선도차의 시계는 27분 24초. ㎞당 2분 44초의 속도다.

지금까지 마라톤이 시작된 이래 10㎞ 지점을 이렇게 빠른 시간에 도달한 선수는 아무도 없었다. 이대로 달린다면 피니시라인을 1시간 55분대에 통과할 수 있다.

모 파라를 따라잡고 또 본때를 보여주느라 폭주한 덕분에 예상했던 시간보다 1분 이상 앞당겨졌다.

태수는 힐끗 뒤돌아보았다. 120m쯤 뒤에서 베켈레와 케베데, 모 파라, 킵상, 킵초게, 무사시노의 순서로 달려오고 있는 게 보였다. 굽은 길이라서 6명이 모두 보였다.

조금 전에 태수는 2위 그룹 선두와 150m 거리를 벌려놓고 속도를 늦췄었다. 그런데 2위 그룹은 그동안 30m밖에 거리를 좁히지 못했다.

태수가 조금 더 달리다가 다시 한 번 돌아봤지만 2위 그룹은 여전히 120m를 좁히지 못하고 있다.

태수는 자신처럼 저들도 잠시 동안 오버페이스를 했기 때문에 숨을 고르고 있는 것이라고 짐작했다.

태수가 현재 km당 2분 50초인데 저들도 같은 속도라는 뜻이다.

이런 상황이라면 태수가 2위 그룹을 조금 더 흔들어봐도 괜찮겠다는 생각이 들었다.

태수는 조금 전에 전력으로 질주했던 것이 이미 다 회복된 상태다.

그런데 2위 그룹은 아직 덜 회복된 것 같다. 회복했다면 120m 거리를 더 좁히려고 들 테지 저렇게 여유 있게 달리지는 않을 것이다. 그래서 태수는 밀당작전을 쓰기로 했다.

밀고 당기고, 즉 스퍼트해서 거리를 벌였다가 휴식하고, 또 스퍼트했다가 휴식을 취하기를 반복하면서 거리를 점점 더 벌려놓자는 작전이다.

'가자!'

타타타탓탓탓탓탓탓—

태수는 스퍼트해서 ㎞당 2분 40초의 속도로 달리기 시작했다가 조금씩 속도를 높였다.

베켈레와 케베데는 태수가 갑자기 속도를 올려서 달리는 것을 보고 깜짝 놀랐다.

조금 전까지 태수를 뒤쫓느라 전력 질주를 하는 바람에 기진맥진해서 다리가 후들후들 떨리고 숨이 넘어가는 상황이었다가 이제 겨우 진정이 되는가 싶은데 태수가 또다시 스퍼트를 하니까 하늘이 노래졌다.

탓탓탓탓탓탓탓—

그런데 그때 갑자기 뒤에서 요란한 발걸음 소리가 들리더니 모 파라가 베켈레 옆으로 쏜살같이 치고 나갔다.

"모!"

베켈레가 버럭 소리쳤으나 모 파라는 듣지 못한 듯 뒤돌아보지도 않고 최소한 ㎞당 2분 40초 이상의 속도로 달려 나가고 있다.

베켈레와 케베데는 모 파라가 원망스러웠다. 아까 모 파라가 선두로 치고 나가는 바람에 태수를 격동시켜서 지금 이 지경이 돼버린 것이다.

만약 그때 모 파라가 얌전하게 있었으면 이런 생고생은 하지 않아도 됐을 거다.

베켈레는 태수가 다시 스퍼트하는 걸 보고 무슨 작전을 쓰려는 것인지 대충 짐작이 갔다. 이른바 흔들어놓기 작전인데 폭스헌팅의 반대다.

그런 식으로 태수가 하는 대로 따라 했다가는 하프도 가지 못해서 녹초가 되고 말 것이다. 그렇다고 따라가지 않을 수도 없는 상황이다.

탁탁탁탁탁탁—

그런데 이번에는 어이없게도 무사시노가 케베데 옆으로 빠르게 치고 나갔다.

그뿐만 아니라 무사시노 뒤를 이어서 킵상과 킵초게도 부리나케 달려 나갔다.

아차 하는 사이에 모 파라와 무사시노, 킵상, 킵초게가 앞으로 쑥쑥 달려 나가고 베켈레와 케베데만 패잔병처럼 덜렁 뒤에 남아버렸다.

베켈레와 케베데로서는 지금 상황에서 선택의 여지가 없다. 이 속도로 달리다가는 도태되고 말 것이다.

태수는 11㎞에 29분 54초를 기록했다. 평균 속도에서 ㎞당 2분 43초를 달려서 1초 앞당겼다.

태수는 템즈강을 오른쪽에 두고 출발지인 그리니치파크 북쪽 커티샥을 지나고 있을 때 한 번 뒤돌아보았다.

150m 거리에서 모 파라와 무사시노가 전력으로 달려오고 있는 모습이 보였다.

모 파라는 예상했지만 무사시노가 모 파라하고 같은 속도로 달려올 줄은 몰랐기에 조금 놀랐다.

태수가 km당 2분 30초의 속도로 질주하는데 120m에서 30m밖에 뒤처지지 않았다면 저 2명은 최소한 2분 40초 이상의 속도로 달리고 있을 테니까 오버페이스를 하고 있는 게 분명하다.

모 파라와 무사시노 뒤 20m쯤에 두 명이 달려오고 있는데 제대로 보진 못했지만 킵상과 킵초게 같다.

그 뒤쪽은 굽은 도로라서 베켈레와 케베데의 모습은 보이지 않았다.

태수에게서 굽은 도로까지는 180m 거리인데 베켈레와 케베데가 보이지 않는다는 것은 많이 뒤처졌다는 뜻이다.

모 파라가 스퍼트하고 심지어 무사시노까지 달려 나갈 정도인데 베켈레와 케베데가 바짝 뒤따르지 못하는 것은 아무래도 보스턴마라톤대회에서의 누적된 피로 때문일 것이다.

타타타탓탓탓탓탓—

태수는 우회전하자마자 직선도로 크릭로드를 더욱 빠른 속도로 질주했다.

뒤따르는 2위 그룹 모 파라와 무사시노는 숨이 턱에 찼을 테니까 그들이 크릭로드에 들어서기 전에 거리를 좀 더 벌려 놓으려는 의도다.

여기서부터 에블린스트리트 끝 14㎞까지는 줄곧 우로 약간 굽은 직선도로에 평지다. 달리는 데는 더할 나위 없이 좋다.

탓탓탓탓탓탓탓—

"훅훅… 핫핫… 훗훗… 핫핫……."

태수는 2박자 호흡을 하면서 원마주법에 탄력을 받아 속도가 조금 더 올라 ㎞당 2분 27초가 되었다.

타타타타탁탁탁탁탁—

"학학학학학학……."

모 파라와 무사시노는 우회전 코너를 돌자마자 전방을 쳐다보다가 아연실색하고 말았다.

두 사람이 대충 보기에도 태수는 최소한 170~180m는 멀어진 것 같았다.

잠깐 사이에 20~30m 멀어진 걸 보고 두 사람은 그 자리에서 다리에 힘이 풀려버렸다.

"아학학학학… 학학학……."

모 파라는 죽으면 죽었지 더 이상 오버페이스를 하지 못하고 속도를 급격하게 ㎞당 2분 55초로 줄였다.

타타탁탁탁탁탁—

"하악… 하악… 하악……."

그런데 이게 무슨 일인가. 무사시노가 심장이 목구멍 밖으로 튀어나올 것처럼 가쁜 숨을 몰아쉬면서 그대로 달려 나가는 게 아닌가.

"Fuck!"

모 파라는 욕설을 내뱉으며 다시 속도를 높였다. 여기에서 이름도 모르는 저런 일본 선수에게 뒤처질 수 없다는 항심이 솟구쳤다.

타타타타탓탓탓탓탓—

"학학학학학학……."

모 파라는 잠깐 사이에 무사시노에게 15m나 뒤처진 상태에서 젖 먹던 힘을 다해서 달렸다.

크릭로드로 우회전한 베켈레와 케베데는 전방에 벌어져 있는 광경을 보고는 머릿속이 하얘졌다.

바로 앞에서 달리고 있는 킵상과 킵초게는 조금 전까지만 해도 30m 거리였는데 지금은 40m로 벌어졌다.

그리고 그 앞에 모파라와 무사시노는 100m 이상의 거리다.

"으헉… 헉헉… 체가예……."

숨이 턱에 차서 당장에라도 아스팔트에 드러눕고 싶은 베켈레는 헐떡이면서 케베데를 불렀다.

"헉헉헉헉… 천천히 가자……."

케베데는 힐끗 쳐다보더니 말이 없다.

"헉헉헉… 저놈들 다 오버페이스다. 우린 제 페이스로 가다가 저놈들이 지쳤을 때 추월하자."

그렇게 말하고 베켈레는 속도를 확 줄여서 ㎞당 2분 58초로 달리기 시작했다.

사실 베켈레와 케베데는 둘 다 보스턴마라톤대회의 피로 누적을 느끼고 있어서 불안함을 감추지 못했다.

두 사람은 이번 대회에 참가를 할 것인가 말 것인가를 고민했었는데 태수가 참가한다는 소식을 듣고는 참가를 강행한 것이다.

태수가 뛰면 우리도 뛴다, 뭐 그런 생각이었는데 막상 뚜껑을 열어보니 괜한 짓을 했다.

찻찻찻찻찻찻찻―

"핫핫핫핫핫핫……"

그런데 158㎝ 50㎏의 케베데가 전혀 속도를 줄이지 않고 계속 달려 나가고 있는 게 아닌가.

베켈레는 입에 거품을 물고 외쳤다.

"헉헉헉헉… 야! 체가예!"

케베데는 뒤도 돌아보지 않고 달렸다.

베켈레는 그 순간 한 가지 사실을 깨달았다. 세상에는 정말 믿을 놈이 하나도 없다.

태수는 템포드에서 속도를 뚝 떨어뜨려 km당 2분 55초로 달리기 시작했다.

"훅훅… 핫핫… 훅훅… 핫핫……."

호흡이 많이 거칠어졌으나 못 견딜 정도는 아니다. 이대로 계속 질주한다면 문제겠지만 조금 쉬면 괜찮아 질 거다.

뒤돌아보니까 200m 밖에서 한 선수가 달려오고 있는 게 보이는데 붉은 상의라면 무사시노다. 무사시노가 2위라는 것은 좀 뜻밖이지만 워낙 천방지축이라서 그럴 수도 있다는 생각이 들었다.

무사시노 뒤로 너무 멀어서 누군지는 알 수 없는 선수들이 띄엄띄엄 따라오는 게 보였다.

태수는 두 번째 뒤돌아보고는 다시 전방을 보고 달리면서 3km 후에 한 번 더 흔들어줘야겠다고 생각했다.

"……!"

그런데 갑자기 허리가 시큰! 하고 쑤셨다.

보스턴마라톤대회 때도 달리는 중에 허리가 시큰거렸었는데 심한 정도는 아니어서 그냥 달렸었다.

지금도 딱 그때처럼 시큰거렸다. 참을 수 있을 정도지만 이게 더 심해지지 않을까 조금 걱정이 됐다.

태수는 뎁포드로드 14㎞ 조금 못 미친 지점에서 우회전하여 레드리프로드로 진입했다. 템즈강에서 정면으로 불어오는 강한 맞바람이 떠밀릴 정도로 거셌다.

탁탁탁탁탁탁―

발바닥이 아스팔트에 닿을 때마다 몸 전체를 울리는 진동 때문에 허리가 욱신거렸다.

그렇기 때문에 그 자신도 모르게 발을 살살 딛게 된다. 그러면 스트라이드가 줄어들고 피치도 감소한다. 결과적으로 속도가 뚝 떨어지고 만다.

그건 태수의 두뇌가 명령한 것이 아니라 허리가 아프니까 본능적으로 몸이 그렇게 반응을 하는 것이다.

태수는 순간적으로 속도가 ㎞당 3분 5초로 뚝 떨어지자 깜짝 놀라서 다시 2분 55초로 높였다.

이런 상황에서 사람은 두 가지 방법으로 대처한다. 통증에 굴복하거나, 통증을 극복하는 것이다.

태수는 두 번째 종류의 인간이다. 그는 고통을 견디고 극복하는 것에 이골이 났다.

예전에는 육체의 고통만이 아니라 정신적인 고통도 혼자서다 감내했었다. 그러니까 허리가 욱신거리는 것쯤은 당연히 참아낼 수 있다.

현재로서는 허리 통증을 완화시킬 방법이 없으니까 극복하는 수밖에 없다.

전방에 몇 명의 진행요원이 일렬로 늘어서서 레드리프로드를 막고 왼쪽으로 구부러진 좁은 길을 가리켰다.

태수는 레드리프로드에서 좌회전하여 서리퀘이로드로 들어서면서 왼쪽 자신이 달려온 도로를 쳐다보았다.

그곳에는 건물이나 나무가 없어서 조금 전에 지나온 레드리프로드 입구가 잘 보였으며, 그때 느닷없이 무사시노가 우회전하여 레드리프로드로 들어서고 있는 모습이 보였다.

'저놈.'

무사시노가 두 번째로 태수를 놀라게 하고 있다. 모 파라나 베켈레, 킵상이 아니라 무사시노가 2위라니, 그것도 100m 거리로 좁혀오고 있다.

태수가 U턴하듯이 좌회전을 한 탓에 무사시노하고의 직선 거리는 30m에 불과했는데 태수 귀에까지 무사시노의 거친 숨소리가 똑똑하게 들렸다.

"하악… 하악… 하악… 학학학……."

저런 숨소리는 최후의 스퍼트를 해서 피니시라인을 통과했을 때 나오는 것이다.

무사시노는 도대체 어쩌려고 초반부터 전력 질주를 하고

있는지 모를 일이다.

태수는 무사시노가 어디까지 따라오는지 보려고 속도를 높이지 않고 그냥 내버려 두기로 했다. 어차피 지금은 휴식을 취하는 시간이고 또 무사시노를 라이벌로 생각하지 않기 때문이다.

태수는 왼쪽의 아담한 인공 호수를 끼고 S자 코스로 뻗어 있는 서리퀘어로드를 400m쯤 달리다가 우회전하여 카나다로드로 꺾어졌다.

그곳에는 매우 큰 건물이 있어서 뒤따라오는 무사시노가 보이지 않았다.

어쨌든 태수는 카나다로드를 300m쯤 달리다가 다시 우회전하여 퀘백웨이로 들어섰다.

그 길 끝에는 다시 원래 달리던 레드리프로드가 있다. 그러니까 마라톤 풀코스 거리를 맞추기 위해서 1km 정도 우회하게 만든 거리다.

다시 레드리프로드로 나서면서 오른쪽을 쳐다보니까 수십 명의 선수가 조금 전에 태수가 달렸던 서리퀘어로드로 들어서고 있는 게 보였다. 그들은 태수보다 1km 이상 뒤진 상태다.

그런데 태수가 레드리프로드로 좌회전하여 10m쯤 달리고 있는데 뒤에서 거친 숨소리와 둔탁한 발걸음 소리가 들렸다.

탁탁탁탁탁탁탁—

"학학학학학학… 하악… 학학……."

돌아보지 않아도 무사시노라는 걸 알 수 있었다. 숨소리로 봐서 거리는 15~20m 남짓이다. 1㎞를 우회하는 동안 무사시노가 80m 이상 따라붙은 것이다.

태수 전방 50m 거리에 15㎞ 급수대가 보였다. 그렇지만 지나쳐온 5㎞와 10㎞ 때처럼 급수대에는 심윤복 감독이나 민영의 모습이 보이지 않았다.

런던의 교통이 지옥 같아서 지하철이든 승용차든 아무리 빨리 와도 선수가 뛰는 것보다 늦을 것이라는 주최 측의 말이 맞는 것 같다.

태수는 ㎞당 2분 55초를 유지하여 달리면서 스페셜 1번 급수대에서 타라스포츠 직원들에게 음료병과 생수병을 양손에 각각 낚아챘다.

그가 주로로 복귀하고 있는데 급수대 쪽에서 타라스포츠 직원이 태수 등에 대고 고함을 질렀다.

"턱 당기고 허리 굽혀요!"

"팔꿈치 옆구리에 붙여요!"

2명의 남녀 직원이 연달아 외쳤다.

태수는 타라스포츠 직원들의 외침이 심윤복 감독의 지시라는 것을 알아차렸다.

심윤복 감독은 TV중계로 태수가 달리는 모습을 보고 허리가 아프다는 사실을 알아차리고 휴대폰으로 타라스포츠 직원에게 연락을 취했을 것이다.

턱을 당기라는 것은 고개를 너무 빳빳하게 처들고 달리지 말라는 뜻이다.

즉, 시야를 너무 멀리 보지 말고 고개를 약간 숙여서 20~30m 전방을 보면 뒷목에 무리를 주지 않고 결과적으로 허리에 힘을 가하지 않게 된다.

허리를 굽히라는 것도 비슷한 의미다. 허리를 지나치게 꼿꼿하게 세우니까 힘이 들어가고 그런 식으로 줄곧 달리면 허리 통증이 점점 가중될 것이다.

양쪽 팔꿈치를 옆구리에 붙이라는 뜻은 말 그대로 하라는 게 아니라 팔꿈치를 옆구리에 붙이는 것처럼 양팔을 최대한 작게 흔들라는 뜻이다. 그것 역시 허리에 무리가 가는 것을 다소나마 줄여줄 것이다.

태수는 그 즉시 그대로 했다. 턱을 당겨서 고개를 약간 숙여 시야를 가깝게 하고 꼿꼿하게 세웠던 허리를 약간 주저앉혔으며 양쪽 팔꿈치를 옆구리에 붙이듯이 아주 작게 흔들어주면서 달렸다.

그러자 신기하게도 욱신거리던 통증이 많이 사라졌다. 아직도 약간 뻐근하긴 하지만 조금 전까지의 통증에 비하면 이건 양반이다.

탁탁탁탁탁탁탁—

"으헉헉헉헉헉헉……."

그때 태수의 왼쪽으로 무사시노가 마치 기차 화통처럼 거칠게 헐떡거리면서 지나치더니 앞질러 달려갔다.

무사시노는 5m쯤 앞서 달리면서 뒤돌아보는데 얼굴이 일그러져 있다.

제 딴에는 '어떠냐?' 하고 득의양양하게 웃는 것 같은데 실제로는 너무 고통스러워서 찌그러진 표정이다.

태수는 무사시노에게 추월을 당한 것이 기분 나쁘기보다는 외려 그가 안쓰러웠다.

레이스를 펼치는 중에 상대 선수에게 안쓰러움을 느끼는 것은 정말 드문 일이지만, 태수는 저토록 아등바등하는 무사시노에게 일말의 연민마저 느꼈다.

그곳에서 태수는 슬쩍 뒤돌아보았다. 100m 뒤에 모 파라가 달려오고 있고, 그 뒤 30m쯤에서 킵상, 킵초게, 케베데 3명이 혼전을 벌이는 모습이 보였다. 그러나 베켈레의 모습은 보이지 않았다.

아까 태수가 마지막 스퍼트를 했을 때 태수는 2위 그룹이던 모 파라, 무사시노하고의 거리가 180m 이상이었다.

그런데 모 파라가 100m까지 좁히고 그 뒤에 킵상과 킵초게, 케베데까지 바짝 따라붙었다.

거기에는 그럴 만한 원인이 있다. 무사시노 때문이다. 무사시노가 폭주하니까 다들 뒤처지지 않으려고 기를 쓰고 따라온 것이다.

그렇다고 무사시노를 원망할 일이 아니라 오히려 칭찬을 해줘야 한다.

그러는 바람에 무사시노를 비롯하여 모두 오버페이스를 해서 기진맥진한 상태가 됐기 때문이다.

'한국 놈, 이번에야말로 본때를 보여주겠다.'

무사시노는 태수를 추월하고서도 속도를 늦추지 않고 쭉쭉 치고 나갔다.

태수가 봤을 때 무사시노의 속도는 km당 2분 45초 정도로 태수보다 10초 빠르다.

그런데 무사시노는 속도가 조금씩 느려지고 있다. 속도가 느려지는 게 즉시 눈에 띄지는 않지만, 가만히 보고 있으면 아주 조금씩 느려지고 있는 상황이다.

본인은 빠른 속도라고 느끼겠지만 실제로는 오버페이스 때문에 체력이 한계에 이르러서 느려지고 있는 것이다.

태수가 뒤돌아보니까 80m 거리에서 모 파라가 선두로 나서고 있으며 그 뒤로 킵초게, 케베데, 킵상의 순서로 달려오는 게 보였다.

200m 가까운 거리를 80m로 줄였다면 km당 2분 40초 이상

의 속도가 필요하다.

태수는 1.5㎞ 동안 ㎞당 2분 55초의 속도로 달렸더니 다시 힘이 넘쳤다.

선두로 나선 무사시노는 20m까지 거리를 벌린 상태다. 그는 조금 전보다 속도가 느려져서 ㎞당 2분 48초까지 떨어졌지만 태수의 2분 55초보다는 7초 빠르기에 조금씩 더 거리를 벌려놓고 있는 상황이다.

'자, 한 번 더 가자.'

태수는 다시 스퍼트했다.

타타타타탓탓탓탓탓탓―

"후우우… 혹혹… 하아아… 핫핫……."

턱을 당기고 허리를 약간 굽힌, 그리고 양 팔꿈치를 옆구리에 붙인 상태에서 윈마주법을 최고로 발휘했다.

이번에 한 번 더 3~4㎞쯤 치고 나가면 2위하고의 거리가 최소한 400m 이상 벌어질 것이다.

그리고 나서 ㎞당 2분 55초로 달리면서 휴식을 취하고 있으면 후미주자들이 또 죽자 사자 따라올 테지만 그들이 약 150m~200m까지 따라붙으면 다시 한 번 스퍼트를 해준다.

그런 식으로 한 번 스퍼트할 때마다 50~100m 거리를 벌려놓으면 된다.

무사시노는 자신이 달리고 있는 체감 속도가 ㎞당 2분 35초 정도일 것이라는 착각에 빠졌다.

그는 지금쯤 태수를 50m 이상 뒤로 떨어뜨렸을 것이라고 확신하면서 뒤를 돌아보았다.

"……?"

그런데 뒤쪽에 태수가 보이지 않고 60m 거리에서 모 파라가 달려오고 있는 게 보였다.

'한국 놈, 기권인가?'

그렇게 생각하면서 다시 앞을 보던 무사시노는 자신의 앞쪽 10m에서 태수가 쏜살같이 달려가고 있는 모습을 발견하고는 질겁했다.

"캑!"

사실 그가 오른쪽으로 고개를 돌려 뒤돌아보는 사이에 태수가 왼쪽으로 추월한 것이었다.

무사시노의 발걸음 소리가 워낙 둔탁하고 커서 태수의 발걸음 소리를 묻어버렸고, 태수의 숨소리는 매우 작아서 들리지도 않았었다.

태수가 빠른 속도로 점점 멀어지는 모습을 보면서 무사시노는 절망에 빠지는 듯한 기분이 들었다.

"으헉헉헉헉……."

태수는 템즈강을 따라서 크게 반원을 그리면서 도는 솔터로드가 끝나고 대로인 자마이카로드에 들어섰다.

타타타타타탓탓탓탓탓—

탄력을 받은 태수는 ㎞당 2분 30초의 속도로 질주하고 있다. 하지만 허리의 통증이 되살아났다.

이제는 허리만 아픈 게 아니라 통증이 위로 올라와 등줄기 전체가 몽둥이에 두들겨 맞은 것처럼 아파서 도저히 힘을 쓸 수가 없다.

아직 하프도 오지 못했는데 몸이 이렇게 아파서야 어떻게 남은 거리를 달릴 것인지 답답했다.

18㎞ 지점에서 선도차의 시계는 50분 16초를 가리켰다. 평균 속도가 ㎞당 2분 48초다.

이 정도의 평균속도로 달린다면 1시간 58분 초반에 골인하게 될 것이다.

그러나 허리와 등이 갈수록 아픈 것이 변수다. 이 상태라면 속도가 점점 느려지는 것이 당연하다.

잠시 멈춰서 가로수를 붙잡고 스트레칭이라도 하면 조금쯤 몸이 풀리겠지만 꿈도 꿀 수 없는 일이다.

'조금 더 가자.'

그런 점을 감안해서 태수는 최소한 20㎞까지는 빠른 속도로 달릴 생각이다.

우선 할 수 있을 때 최선을 다해보고 나서 그래도 안 되면

운을 하늘에 맡기는 수밖에 없다.

스퍼트를 하고 나서 처음으로 뒤돌아보니까 이런, 무사시노가 세 번째로 태수를 놀라게 만들었다.

150m 뒤에서 달려오고 있는 붉은 싱글렛을 입은 선수는 무사시노가 분명했다.

아까 태수가 추월할 때만 해도 무사시노가 거기에서 리타이어를 해도 이상하지 않을 정도로 기진맥진한 모습이었는데 이건 전혀 뜻밖이다.

태수는 오늘 스타트한 이후 처음으로 무사시노가 조금 신경이 쓰였다.

그렇다고 그를 라이벌로 생각하는 건 아니지만 무사시노가 줄곧 오버페이스를 하면서도 끄떡없다는 사실이 신경 쓰인다는 것이다.

태수는 한 번 더 뒤돌아보았다. 이번에는 무사시노 뒤에 누가 따라오는지 확인하려는 것인데 무사시노 뒤 100m까지 아무도 따라오는 선수가 없다.

그 뒤쪽은 솔터로드와 자마이카로드가 합쳐지는 교차로라서 확인할 수가 없는 상황이다.

저 정도 거리라면 무사시노가 태수를 추월하려는 욕심을 버리고 조금 페이스다운하여 ㎞당 2분 53~55초의 속도로만 줄곧 달려도 2위를 노려볼 만하다. 그렇지만 무사시노는 아무래도 태수를 잡는 것이 목적인 모양이다.

태수는 허리와 등의 통증에 겹쳐서 무사시노의 불가사의한 질주 때문에 신경이 쓰여 기분이 조금 나빠졌다.

마라톤을 시작한 이후 일 년이 됐지만 이런 지독한 통증을 느끼는 것은 처음이다.

"흐으으……."

등뼈와 허리가 다 무너져 내리는 것 같은 통증 때문에 태수 자신도 모르게 신음이 새어 나올 정도다.

그런데다 달리는 속도를 늦추지 않으니까 발바닥이 아스팔트를 디딜 때마다 몸이 부서지는 것처럼 고통스러웠다.

이상한 일이 아니다. 원인은 피로 누적이다. 보스턴마라톤 대회에서 켜켜이 쌓은 피로를 풀지도 않고 달리니까 몸이 이상을 호소하고 있는 것이다.

이것은 방법이 없다. 이번 대회를 포기하지 않을 거라면 달리면서 태수 스스로 극복해야만 한다.

주로를 달리고 있는 동안에는 그 어떤 물리적이나 화학적인 치료가 불가능하다.

태수 생각으로는 그렇다. 이 고독한 싸움에서 대체 누가 도움을 줄 수 있겠는가.

누군가의 도움을 받는 것 자체가 실격 요인이다. 이건 순전히 태수 혼자만의 문제다. 그러니까 결론은 무조건 견뎌서 극복해야 한다는 것이다.

타타타타탓탓탓탓—

"혹혹… 핫핫… 혹혹… 핫핫……."

그러고 보니까 호흡이 많이 거칠어진 것을 태수는 그제야 깨달았다.

멀쩡한 부위는 두 다리와 어깨, 팔 정도다. 다리가 아프면 달릴 수 없는 것은 두말할 필요가 없지만, 달리다가 어깨와 팔이 아픈 것은 당해보지 않은 사람은 그 고통을 짐작조차도 하지 못할 것이다.

지금으로선 다리와 팔, 어깨가 아프지 않은 것을 다행으로 여겨야 한다.

그러나 태수는 속도를 늦추지 않은 채 ㎞당 2분 30초의 속도로 툴리스트리트 끝자락에서 우회전하여 타워브릿지로 향하는 오르막을 오르기 시작했다.

이곳은 타워브릿지까지 높이가 겨우 20m인 400m 길이의 거의 평지나 다름이 없는 오르막이다.

그렇지만 그것은 태수가 평소의 건강한 컨디션이었을 때의 얘기다.

지금은 어깨 위에 새털 하나만 얹어도 그대로 무너질 것처럼 고통스러운 상태라서 평지나 다름이 없는 오르막이라고 해도 오르막은 오르막이다. 그래서 한 걸음 한 걸음이 불구덩이 위를 달리는 것 같다.

탁탁탁탁탁탁탁탁—

"헉헉헉헉헉헉헉……."

이제껏 살아오면서 이렇게 지독한 고통은 한 번도 겪어본 적이 없었다.

오죽하면 이 순간 태수는 그만 달리고 싶다는, 레이스를 포기하고 싶은 생각이 머릿속에 가득 찼다.

그러지 않으면 죽을 것만 같다. 한 걸음 한 걸음이 피니시를 향한 게 아니라 죽음으로 치닫고 있는 듯한 기분이다.

이쯤에서 포기하고 싶다. 난 그래도 된다. 그만큼 열심히 했으면 이 대회 하나쯤 포기한다고 해서 무슨 큰 난리라도 나겠는가.

속으로 악을 쓰듯이 외쳐 댔다.

돈도 수천억 원 모았겠다, 마라톤 역사에 길이 남을 기록도 세웠겠다. 이쯤에서 포기한다고 해도 어느 누구 하나 손가락질할 사람은 없다.

'내가 지금 무엇 때문에 이 짓을 하고 있는 거지?'

그러다 보니까 그런 생각마저 들었다.

'나는 할 만큼 했어. 이 대회 하나 포기한다고 해서 누가 나한테 뭐라고 하겠어?'

태수는 고통이 극에 이르자 자신이 이 대회를 이쯤에서 포기해도 될 만한 이유를 죄다 끌어내서 자신을 설득하려고 노력했다.

그렇게 해서 이유를 무려 10개 이상 만들었는데도 불구하고 태수는 달리는 것을 멈추지 않았다.

포기해도 좋을 10개의 이유보다 계속 달려야만 하는 한 개의 이유가 훨씬 더 크기 때문이다.

그것은 바로 그가 할 줄 아는 게 '달리는 것' 말고는 없으며, 그걸 제일 잘한다는 부정할 수 없는 사실이다.

그렇기 때문에 달리는 것을 멈추게 되면 지금 받고 있는 고통하고는 비할 수도 없는 엄청난 고통, 바로 무력함이라는 불치병에 걸릴 것만 같았다.

타타타타타탓탓탓탓—

"헉헉헉헉헉헉……"

그래서 금방이라도 무너질 것 같은 몸뚱이를 지탱하면서 달리고 있다.

태수가 타워브릿지 중간에 위치한 20㎞ 팻말을 100m쯤 남겨둔 지점에 이르렀을 때 55분 12초가 되었다.

그곳에서 뒤돌아보니까 무사시노의 모습은 보이지 않았다. 무사시노는 아직 타워브릿지 위에 올라서지 못한 것 같다.

태수가 있는 지점에서 타워브릿지 시작 지점까지는 270m다.

그렇다면 현재 무사시노는 최소한 270m 이상 뒤처졌다는 뜻이다. 지금 무사시노가 오르막을 오르고 있는 중이라면 대략 400m 이상의 거리다.

거기까지 생각하다가 태수는 쓴웃음이 났다. 자기가 이렇게까지 무사시노를 염두에 두고 있다는 사실을 깨달았기 때문이다.

딱히 무사시노 때문만이 아니라 태수가 달리면서 오늘처럼 뒤를 많이 돌아본 적도 없을 것이다.

사람은 자신만만할 때는 남을 의식하지 않지만 상황이 좋지 않을 때는 자꾸 주변을 의식하고 둘러보게 마련이다. 태수라고 다를 게 없다.

타타타탁탁탁탁타―

"훅훅… 학학… 훅훅… 학학……."

태수는 몹시 지쳤다. 원래 작전은 3㎞ 정도 스퍼트하고 나서 2㎞쯤 휴식을 취하는 걸 반복해서 후미주자와의 거리를 점점 벌리자는 것이었다. 그런데 이번에는 5㎞ 가깝게 전력질주했으니 한계를 넘어섰다.

"태수야!"

20㎞ 급수대 1번 스페셜테이블에서 심윤복 감독이 악을 쓰듯이 태수를 불렀다.

그 옆에는 민영이 두 손에 비닐봉지 하나를 쥐고 초조한 표정으로 서서 태수를 바라보고 있다.

심윤복 감독은 태수가 다가오기도 전에 고함을 질렀다.

"음료는 마시고 얼음물하고 소염진통제는 통째로 등에 부어라!"

태수가 1번 스페셜테이블 앞에 다가왔을 때 민영이 들고 있던 비닐봉지를 재빨리 태수에게 내밀었다.

탁!

태수에 대해서 가장 잘 알고 있는, 그리고 보스턴마라톤대회 이후 6일 만에 런던마라톤대회를 뛰고 있는 태수의 몸 상태가 어떨지에 대해서 간파한 심윤복 감독의 응급 처방이 비닐봉지 안에 담겨 있었다.

태수는 달리면서 비닐봉지를 열었다. 안에는 음료병과 생수병, 작은 플라스틱 병, 물에 흠뻑 젖은 스펀지가 들었다.

태수는 비닐봉지를 왼손에 쥐고 먼저 음료병을 꺼내서 이빨로 뚜껑을 따고 벌컥벌컥 마셨다.

단숨에 다 마시고 나서 음료병을 버리고 이번에는 생수병을 꺼내 이빨로 뚜껑을 깠다.

생수병을 쥐고 있는 손아귀가 얼얼할 정도로 차디찬 물이 들어 있는데 그걸 들고 목 뒤에 부었다.

차디찬 물이 뒷목을 타고 등줄기와 허리로 흐르는 순간 정신이 번쩍 들면서 몹시 상쾌한 느낌이 들었다.

그로 인해서 잠시 동안이지만 태수를 괴롭히던 등줄기와 허리의 통증이 싹 사라졌다.

그러나 차가움이 점차 사라지면서 통증이 스멀스멀 기지개를 켜기 시작했다.

그는 생수병을 버리고 이번에는 작은 플라스틱 병을 꺼내 이번에는 이빨로 따지 않고 손을 써서 뚜껑을 열었다.

코끝을 찌르는 싸아— 한 냄새가 확 뿜어져 나왔다. 플라스틱 병에 든 것은 소염진통약이 분명했다.

다리에 통증이 있거나 쥐가 났을 때 소염진통 스프레이를 뿌린 적은 있지만 이렇게 액체를 대하는 건 처음이다. 물론 그걸 몸에 붓는 것도 처음이다.

그렇지만 심윤복 감독이 죽으라고 이걸 줬을 리 없고 또 지금으로선 이게 아니면 답이 없다.

태수가 플라스틱 병을 잡고 목뒤로 돌려서 뒤집자 어떤 차가운 액체가 뒷목에 부어졌다가 주르르 등줄기를 타고 흘러내렸다.

그는 지체하지 않고 액체를 양쪽 어깨에도 골고루 부었다.

소염진통액은 땀에 흠뻑 젖은 맨살과 싱글렛을 타고 빠르게 등 전체와 허리로 퍼져 나갔다.

태수는 플라스틱 병을 버리고 비닐봉지에 마지막으로 남은 찬물에 흠뻑 젖은 스펀지를 꺼내 손에 쥐고는 비닐봉지를 버렸다.

그때까지도 그는 스펀지의 용도가 무엇인지 몰라서 골똘하게 생각하면서 손에 쥐고만 있었다.

그런데 그때 소염진통액이 허리에 이르더니 꼬리뼈를 타고 아래로 흘러내리려고 했다.

순간 번쩍 정신이 든 그는 스펀지를 움켜쥐고 등 뒤로 가져가서 싱글렛을 들고 허리 부분을 마구 문질러서 액체를 닦아 냈다.

만약 소염진통액체가 꼬리뼈를 따라 아래로 흘러내려 항문과 음낭에 닿는다면 그 고통은 이루 말할 수 없을 것이다.

태수는 수많은 카메라가 자신을 찍고 있다는 사실도 잊은 채 스펀지로 뒤쪽 허리와 팬츠를 들어 꼬리뼈, 계곡, 엉덩이를 깨끗이 문지른 후에 버렸다.

소염진통액체가 등 전체로 번지자 처음에는 불로 지지는 것처럼 화끈거리더니 잠시 후에는 맨몸으로 빙판 위에 드러누운 것처럼 시원해졌다.

태수는 달리면서 두 팔을 한껏 벌려 가슴과 어깨를 활짝 펴면서 최소한의 스트레칭을 했다.

레이스 중에 소염진통제를 사용하는 것은 실격 사유가 아니다. 급수대에는 소염진통스프레이가 비치되어 있으며, 주로에도 의무요원들이 자전거나 인라인스케이트를 타고 다니면서 필요한 선수들의 몸에 소염진통스프레이를 뿌려준다.

태수가 급수대나 의무요원들을 이용하지 않은 이유는 달리는 것을 멈춰야 하고 아무리 빨라도 30초 이상의 시간을 지체해야만 하기 때문이다.

태수는 타워브릿지 끝에서 다시 한 번 뒤돌아봤으나 그때까지도 무사시노의 모습은 보이지 않았다.

타워브릿지를 건넌 태수는 교차로에서 우회전하여 이스트스미스필드로 들어섰다.

태수는 하프를 지나고 있다.

이제 정확하게 절반을 달렸으니 지금까지 달린 것만큼만 더 달리면 피니시라인이다.

하프까지 걸린 시간은 58분 32초. ㎞당 2분 46초의 평균속도로 달렸다.

이런 식으로 스퍼트했다가 휴식을 취하면서 달린다면 1시간 56분대 중반에서 57분대 초반에 골인할 수 있다.

탁탁탁탁탁탁탁—

태수는 하프에서 속도를 줄여 ㎞당 2분 55~57초의 속도로 달리기 시작했다.

태수가 이스트스미스필드 직선도로에서 뒤돌아봐도 2위가 보이지 않았다.

시야가 도달하는 최대 거리 내에도 2위가 보이지 않는다는 것은 400~500m의 거리가 벌어졌다는 뜻이다.

그러니까 이제부터는 3~4㎞ 정도 지금 속도로 달리면서 충분히 휴식을 취하면 된다.

아까 20㎞에서 소염진통액체를 등에 들이부은 것이 효과가 있어서 지금까지는 허리와 등의 통증이 견딜 만하다.

그렇지만 하프를 지나고 나서는 몸이 또 다른 이상을 호소하기 시작했다.

이번 것은 어디가 어떤 식으로 아프다고 딱 꼬집어서 말할 수 없는 성질이다.

그냥 몸이 전체적으로 무겁다. 그리고 근육이 욱신거리면서 관절이 삐걱거렸다.

이건 마치 지난밤에 폭음을 하고 다음 날 아침에 일어났을 때처럼 몸과 머리가 무거웠다.

보스턴마라톤대회 때의 누적된 피로다. 이런 증상이 갑자기 생겨난 것이 아니라, 지금까지는 허리와 등의 통증이 워낙 심해서 알아차리지 못했을 뿐이다.

그러다가 허리와 등의 통증이 웬만큼 가라앉으니까 누적된 피로가 슬며시 고개를 들었다.

이걸 다스릴 수 있는 방법은 휴식뿐이지만 주로를 달리고 있는 상황에서는 그저 요령부득이다.

'이게 마지막이다. 이런 식의 무리한 강행군은 앞으로 절대 하지 않을 거다.'

그저 그렇게 다짐에 다짐을 거듭하면서 자위할 뿐이다.

태수는 하프에서부터 휴식을 취하기 시작하여 24㎞ 현재 템즈강을 오른쪽에 가깝게 바짝 끼고 좁고도 길게 뻗어 있는 내로우스트리트를 ㎞당 2분 57초의 속도를 유지한 채 달리고 있다.

저 앞 150m에서 우회전하여 웨스트페리로드를 달려 머드슈트파크까지 크게 좌회전하면서 돌아 나온다.

내로우스트리트는 직선도로이며 길이가 400여m에 불과하다. 그 끝자락에서 우회전하기 전에 뒤를 돌아본 태수는 또 한 번 자신의 눈을 의심했다.

21.0975㎞ 하프부터 휴식을 시작하여 24㎞를 지난 현재까지 한 번도 뒤돌아보지 않다가 돌아보았더니 어이없게도 무사시노가 뒤에서 추격을 해오고 있다. 그것도 50m라는 매우 가까운 거리다.

태수가 휴식을 취하고 있는 동안에도 무사시노는 줄곧 빠른 속도로 달렸다는 얘기다.

태수는 다시 한 번 뒤돌아보았다. 무사시노 뒤로 몇 명의 선수가 줄지어 달려오고 있는 것 같은데 누구인지는 확인하기가 어려웠다.

태수는 자신이 너무 오래 쉬었기 때문에 후미주자들이 따라붙은 것이라고 생각했다.

그러다가 문득 자신의 속도가 ㎞당 2분 27초가 맞는지 의심스러워졌다.

그의 계산으로는 하프까지 2위였던 무사시노하고 최소한 400m~500m 이상의 거리였는데 그걸 3㎞ 만에 50m로 줄였다는 사실이 믿어지지 않았다.

무사시노가 50m 뒤에서 바짝 추격하고 있는 상황이지만 태수는 현재 자신의 속도를 재보지 않을 수가 없다.

'이런 우라질!'

200m 정도 달리면서 시계로 측정해 본 결과 현재 그의 속도는 어이없게도 ㎞당 3분 6초 정도였다.

원숭이가 나무에서 떨어진다는 얘기는 이럴 때를 두고 하는 것 같았다.

그는 체감으로 속도를 측정하는 것만큼은 타의 추종을 불허할 만큼 정확했다.

오죽하면 심윤복 감독마저도 그의 속도 측정하는 실력에는 혀를 내두를 정도다.

그런 그가 오측을 했다. 누적된 피로 때문에 몸이 무거워졌으며 그래서 '이 정도면 ㎞당 몇이다'라고 잘못 측정을 한 것이다.

원래 몸이 무거워지면 천천히 달리면서도 체감하는 속도가 빠르게 느껴지는 법이다.

태수는 선도차의 시계를 보았다. 1시간 8분 07초. 현재 24km를 150m쯤 지나쳤으니까 1시간 8분 33초쯤 됐다.

'정신 나간 놈. 시계도 안 보고……'

하프 이후에는 거의 선도차의 시계도 보지 않고 아주 푹 휴식을 취하면서 달렸다. 경기 중에 대체 뭘 생각하면서 달린 것인지 모르겠다.

하프까지만 해도 평균 속도가 2분 46초였는데 현재는 2분 50초로 뚝 떨어졌다. 3km 남짓 오는데 평균 속도를 4초나 까먹었다. 이건 말도 안 된다.

타타타타탁탁탁탁탁—

"학학학학학학……"

그때 무사시노가 오른쪽으로 추월하고 있는데 심장이 목구멍 밖으로 튀어나오는 듯한 숨소리가 들렸다.

태수는 무사시노를 힐끗 쳐다보다가 이맛살을 찌푸렸다.

무사시노의 얼굴은 도저히 사람의 모습이라고 할 수 없을 지경이었다.

마치 깡마른 영감 얼굴 같았다. 퀭한 두 눈과 움푹 꺼진 양 뺨, 그리고 툭 불거진 광대뼈, 소금알갱이가 달라붙어서 햇빛에 반짝이고 있었다.

무사시노는 태수를 추월하고 있으면서도 그를 쳐다보지도 않았다.

예전 같았으면, 아니, 아까까지만 해도 태수를 추월할 때는 보란 듯이 의기양양했었는데 지금은 똑바로 앞만 쏘아보면서 달리고 있다.

태수는 무사시노의 얼굴에서 어떤 강한 하나의 기운을 느꼈으며, 그것은 아마도 '집념'인 것 같았다.

타타탁탁탁탁탁탁—

"학학학학학학……."

무사시노는 증기기관차가 칙칙폭폭 하듯이 거친 숨소리를 내뿜으면서 태수를 뒤에 남겨놓고 앞으로 달려갔다.

태수는 모르긴 해도 현재 무사시노가 태수 자신보다 더 고통스러울 거라고 짐작했다.

무사시노도 태수처럼 보스턴마라톤대회를 뛰었고 태수를 따라잡으려고 오버페이스를 한 탓에 하프 넘어서 앰뷸런스에 실려 갔다고 들었다.

그런 무사시노가 런던마라톤대회에 또 참가하여 이토록 선전을 하고 있다면 몸 상태가 어떨지 짐작하고도 남는다.

무사시노의 선전은 태수에게 교훈이 되었다. 실력이든 체력이든 뭐든지 무사시노보다 우위에 있는 태수로선 무사시노의 분투를 보면서 자신의 나약함을 뼈아프게 각성했다.

태수가 뒤돌아보니까 30m쯤에 킵상과 킵초게가 앞서거니 뒤서거니 하면서 달려오고, 그 뒤 20m에 케베데가, 그리고 50m 뒤에는 베켈레가 달려오고 있다.

태수가 ㎞당 3분 5∼6초로 달려오는 동안 후미주자들이 태수를 거의 다 따라잡았다.

잠깐 사이에 무사시노는 태수 앞으로 15m나 달리고 있다.

'일단 가자!'

더 이상 뒤처져선 안 되겠다고 생각한 태수는 속도를 내서 달려 나갔다.

타타타탓탓탓탓탓―

무사시노 덕분에 신선한 교훈과 충격을 받은 태수는 누적된 피로에 의한 무기력증을 떨쳐 내고 힘차게 달렸다.

'아무도 깨지 못할 대기록을 세우겠다는 내가 너무 나약했다. 바보같이……'

몸은 정신이 지배한다.

팔다리가 잘라지고 내장이 터지고 불치병에 걸린 게 아니라면, 누적된 피로쯤은 충분히 정신력으로 이겨낼 수 있다는 사실을 태수는 무사시노를 보면서 새삼 깨달았다.

타타타타탓탓탓탓탓―

태수는 다시 스퍼트를 시작한 지 20여초 만에 무사시노를 따라잡고 옆으로 치고 나가며 그에게 한마디 인사말을 잊지 않았다.

"아리가토."

무사시노가 자신을 추월한 태수 등에 대고 헐떡이며 악쓰듯이 소리쳤다.

"헉헉헉헉… 데타라메이우나(헛소리하지 마)!"

태수는 자신의 속도가 ㎞당 2분 35초라고 생각하면서 이번에는 손목시계를 보며 다시 측정을 해보니까 정확하게 2분 35초다. 체감 속도 측정 능력이 돌아왔다.

태수가 아무리 ㎞당 3분 5~6초의 속도로 달렸다고 해도 하프부터 줄곧 그런 속도로 달렸을 리가 없다.

하프부터 휴식을 취한다고 2분 55초로 달렸다가 점점 속도가 떨어져서 3분 6초가 됐으니까 평균속도는 대략 3분쯤이었을 것이다.

태수가 하프 때 2위하고는 최소 500m의 거리였는데 그걸 약 3㎞ 만에 따라잡았다면 무사시노를 비롯한 2, 3, 4위는 모두 지독한 오버페이스를 했다는 뜻이다.

그렇다면 태수로서는 우승을 하기 위해서 무리를 할 필요가 없다. 지금처럼 ㎞당 2분 45초로 달리다가 지치면 2분 55초로 달리면서 휴식을 취하기만 해도 너끈히 우승할 수 있을 것이다.

태수가 뒤돌아보니 2위 무사시노는 50m 이상 멀어졌으며 그 뒤로는 100m~150m 이내에 킵상과 킵초게, 케베데, 베켈레 등이 몰려 있는 양상이다.

얼핏 돌아봤을 때 누군가 한 명이 더 보였는데 누군지는 알 수가 없다.

태수가 300m쯤 더 달리고 나서 뒤돌아보니까 무사시노는 조금 전보다 20m 더 처진 70m 뒤로 밀려났다.

그렇다면 현재 무사시노의 속도는 대충 ㎞당 2분 55초 이하라는 뜻이다.

그렇게 폭주를 하고서도 2분 55초의 속도라니 새삼 무사시노가 대단하다는 생각이 들었다.

머드슈트파크를 빙 돌아서 북상하여 뱅크스트리트와 캐나다스퀘어를 꼬불꼬불 돌고 돌아서 30㎞까지 왔을 때 시간은 1시간 24분 11초다.

스타트해서 이곳까지의 ㎞당 평균속도는 2분 48초.

현재 태수는 2분 35초의 속도로 달리고 있다. 24㎞ 조금 지난 곳에서 무사시노에게 추월당하고 나서 스퍼트하여 약 6㎞를 이 속도로 달리고 있는 중이다.

지금 속도로만 계속 달리면 피니시라인을 1시간 58분 29초

이내로 통과할 수 있다.

그렇게 되면 태수가 동마에서 세웠던 1시간 58분 52초의 세계기록을 23초 이상 다시 한 번 경신할 수 있다.

만약 러너스하이나 마의 벽을 순탄하게 잘 넘을 수 있다면 말이다.

'조금 더 가자.'

태수는 30㎞에서 쉬려고 했지만 생각을 바꿨다. 러너스하이와 마의 벽에 부닥쳤을 때를 대비해서 시간을 더 벌어두자는 계산이다.

허리와 등이 끊어질 것처럼 아픈 것과 온몸이 무너지는 것처럼 무겁고 무기력했던 증상이 남아 있기는 하지만 아까처럼 심하지는 않다.

고통을 극복한 것인지 고통이 지나쳐서 초월하게 된 것인지 아니면 정신력의 승리인지는 모르지만 아무튼 다행이다.

지금부터는 태수 자신과의 싸움이다.

34.5㎞ 지점에서 아까 달렸던 도로와 합쳐졌다.

태수는 이때까지도 휴식을 취하지 않은 상태로 달리고 있다.

24㎞ 조금 지난 지점부터 스퍼트했으니까 10㎞ 이상 스퍼트를 지속하고 있는 것이다.

그러나 현재 속도는 처음 ㎞당 2분 35초보다 10초쯤 느려진 2분 45초다.

지금 그가 달리고 있는 커머셜로드는 길이가 약 3㎞나 되는 직선도로다.

이 길 끝에 타워브릿지가 나오고 거길 지나서 줄곧 직진하여 피니시인 세인트제임스파크로 향하게 된다.

전방 오른편에 급수대가 보였다. 그러고 보니까 갈증이 매우 심해서 입 안에 침도 고이지 않을 지경이다.

배도 몹시 고프지만 갈증만큼은 아니다. 음료수나 물을 마시면 허기도 달랠 수 있을 것이다.

급수대 1번 스페셜테이블 옆 가로등에 붙어 있는 35㎞ 팻말 앞에 이르렀을 때 시간은 1시간 37분 36초.

30㎞에 1시간 24분 11초였으니까 5㎞를 13분 25초에 달렸으며 ㎞당 2분 41초의 속도다.

24㎞ 지점에서 스퍼트했을 때 2분 35초였는데 속도가 조금씩 느려져서 현재 2분 45초니까 평균 2분 41초로 달렸다는 얘기다.

"아픈 데 없냐?"

심윤복 감독이 달려오는 태수를 보면서 소리 질렀다.

"괜찮습니다!"

탁!

태수는 민영의 두 손에 쥐어져 있는 음료병과 생수병을 낚아채고는 주로로 달려갔다.

"오빠! 사랑해!"

"2위 무사시노 750m다!"

뒤에서 민영의 소프라노 외침과 심윤복 감독의 악쓰는 소리가 동시에 들렸다.

태수는 생수병의 차가운 물을 절반은 머리 위에 끼얹고 절반은 마셨다.

그런데 음료병 모가지에 비닐이 묶여 있다. 떼어내서 보니까 비닐 안에 겉 봉지를 깐 초코파이가 2개 들어 있다.

태수는 초코파이 하나를 통째로 입안에 쑤셔 넣고 우걱우걱 씹다가 음료를 마셨다.

초코파이 2개를 다 먹고 생수와 음료를 마시고 나니까 갈증과 허기가 한꺼번에 사라졌다. 민영의 재치 덕분이다.

2위는 여전히 무사시노이며 750m 뒤처졌다. 태수가 24km에서 스퍼트했으니까 11km를 달려오는 동안 750m라는 굉장한 거리를 벌려놓은 것이다.

그 정도면 설사 태수가 마의 벽에 부닥친다고 해도 앞으로 남은 7km 남짓한 거리에서 웬만해서는 추월당하는 일은 벌어지지 않을 터이다.

"아!"

타워브릿지 앞을 지날 때 태수는 갑자기 왼쪽 발바닥 내측 뒤꿈치 부위가 못에 찔린 것처럼 뜨끔해서 자신도 모르게 탄성을 터뜨렸다.

너무 아파서 그는 아스팔트에 놓인 못이나 뾰족한 물체에 뒤꿈치가 찔린 것이라는 생각이 들었다.

발을 디딜 때마다 발뒤꿈치가 칼로 도려내는 것처럼 아파서 도저히 그냥 달릴 수가 없다.

만약 못 같은 것에 찔렸다면 빨리 뽑아야 한다. 그 상태로 계속 달리다간 상태가 더 심각해질 수 있다.

결국 태수는 달리는 것을 즉시 멈추고 왼쪽 다리를 들고 발바닥을 들여다보았다.

쿵!

"윽!"

그러나 균형을 잡지 못하고 그 자리에 엉덩방아를 찧으며 주저앉고 말았다.

엉덩이가 쪼개지는 것처럼 아팠지만 지금은 그걸 따질 때가 아니다.

선도차가 멈추었고 중계방송차량들과 모터바이크들이 일제히 멈춰서 태수를 찍어댔다.

선두로 잘 달리던 선수가, 그것도 현 세계챔피언 윈드 마스터가 느닷없이 길바닥에 주저앉았으니 이런 대사건이 어디에 있겠는가.

태수가 마라톤화 바닥을 살펴봤으나 못이나 뾰족한 물체에 찔린 흔적은 전혀 없다.

그렇다면 마라톤화를 벗고 발바닥을 살필 필요까진 없다. 마라톤화 바닥이 멀쩡한 걸 확인한 순간 태수는 발뒤꿈치가 찌르듯이 아픈 이유를 깨달았다.

그는 벌떡 일어나 다시 달리기 시작했다. 멈췄다가 엉덩방아를 찧고 마라톤화 바닥을 확인하는 데까지 걸린 시간은 3초 남짓이다.

그렇지만 까먹은 3초보다 훨씬 더 중요한 사실을 확인했다. 못이나 날카로운 물체에 찔려서 발뒤꿈치를 다치지 않았다는 사실을 알게 됐다는 게 중요하다.

만에 하나 그런 상황이 닥쳤다면 경기를 중단하는 사고가 발생할 수도 있다.

탁탁탁탁탁탁—

출발한 태수는 여전히 왼쪽 발뒤꿈치가 바늘로 쿡쿡 마구 찌르는 것처럼 아팠다.

'족저근막염이다.'

그는 발뒤꿈치가 아픈 이유가 틀림없이 족저근막염 때문이라고 확신했다.

날카로운 물체에 찔리지도 않았는데 발뒤꿈치가 이렇게 아픈 이유는 족저근막염밖에 없다.

족저근막은 종골(踵骨:발뒤꿈치를 이루는 뼈)에서 시작하여 발바닥 앞쪽으로 5개의 분지를 내어 발가락 기저부에 부착되는 강인하고 두꺼운 섬유띠로 발바닥의 아치를 유지하고 체중 부하 상태에서 발을 들어 올리는 데 도움을 주며 발의 역학에 매우 중요한 역할을 한다.

족저근막염은 뒤꿈치에 통증을 일으키는 흔한 질환으로 육상선수들이 가장 흔하게 접하는 족부 병변 중 하나다.

태수의 경우에는 지나치게 무리한 훈련과 과중한 대회 참가가 원인이었다.

제47장
불멸의 대기록

왼발 발뒤꿈치의 통증이 갈수록 심해지고 있다.

발바닥을 아스팔트에 딛지 못할 정도다. 디디면 발뒤꿈치가 해체되는 것 같은 굉장한 통증이 발뒤꿈치에서 시작되었다가 종아리를 타고 허벅지, 그리고 허리까지 순식간에 치고 올라온다.

태수는 자기도 모르게 반사적으로 왼발을 절뚝거렸다. 발뒤꿈치를 아스팔트에 닿지 않게 하려니까 자연히 그렇게 됐다.

족저근막염은 중대한 질환이 아니어서 수술을 할 필요는

없고 휴식을 취하면서 발을 잘 보호하고 간수하는, 즉 보존적인 치료로 자연히 회복된다.

그러나 문제는 참기 어려운 통증이다. 왼발을 디딜 때마다 아스팔트가 커다란 망치가 되어 발뒤꿈치를 두들겨서 부수는 것만 같다.

'이겨야 한다……'

태수는 계속 절뚝거리면서 어금니를 악물었다. 경기를 포기한다는 생각은 하지도 않았다.

그저 무슨 일이 있어도 견뎌야 하고 견딜 수밖에 없다고 마음을 다잡았다.

'이건 그냥 통증일 뿐이다. 극복할 수 있다!'

속도는 계속 떨어져서 ㎞당 3분 15초까지 느려졌다.

피니시 지점인 세인트제임스파크로 이동하는 승용차 안에서 심윤복 감독과 민영은 DMB로 중계방송을 보다가 혼비백산했다.

"오빠 왜 저래요?"

두 사람은 태수가 아스팔트에 주저앉아서 마라톤화 바닥을 들여다보는 모습을 보고 있다.

"저놈 족저근막염이에요!"

"족저근막염이요? 어떻게 해요?"

마라톤을 좋아하는 민영도 예전에 족저근막염에 걸려서 고생하며 몇 달 동안 마라톤을 쉰 적이 있었다.

그렇기 때문에 그게 얼마나 아프고 고통스러운지 누구보다 잘 알고 있다.

"하아……."

심윤복 감독은 휴대폰 화면에 태수가 왼발을 절뚝거리면서 달리는 모습을 보며 땅이 꺼질 듯 한숨을 토했다.

지금 태수가 한 걸음 한 걸음 내딛는 게 얼마나 고통스러울지 너무도 잘 알고 있는 심윤복 감독은 가슴이 답답해졌다.

족저근막염은 지독한 통증 때문에 걷는 것조차도 제대로 할 수가 없다. 그런데 태수는 지금 뛰고 있지 않은가.

절뚝거리더라도 왼발을 아스팔트에 대지 않을 수가 없다. 그러므로 태수의 고통이 어느 정도일지 심윤복 감독과 민영에게 고스란히 전해져서 가슴이 미어지는 것 같았다.

태수는 조금 전에 37km 지점을 지났다. 앞으로 5km밖에 남지 않은 상황이다.

지금 경기를 포기하기에는 너무 아깝다. 대기록이 코앞에 있지 않은가.

그렇지만 족저근막염의 고통은 말로 설명하기조차 어려워서 다른 선수들이었다면 무조건 포기할 것이다.

어느 누구라고 해도 제아무리 위대한 선수라고 해도 족저근막염 상태에서 뛸 수는 없다.

뛴다고 해서 몸에 이상이 생기는 것은 아니지만 극심한 고통을 견딜 수 없다는 것이다.

심윤복 감독과 민영은 설마 태수가 저 지경이 되고서도 계속 달릴 것이라는 생각은 1%도 하지 않았다.

심윤복 감독과 민영뿐만 아니라 중계방송을 하고 있는 마라톤 해설자나 TV를 보고 있는 전문가들은 태수가 족저근막염이라는 사실을 다 알게 되었다.

마라톤에 대해서 어느 정도 상식이 있는 사람이라면 지금 태수의 모습을 보고 어떤 상태라는 것을 어렵지 않게 짐작할 수 있을 것이다.

족저근막염은 심각한 후유증을 남기는 질환은 아니지만 매우 극심한 통증을 동반하기 때문에 그 상태에서 달릴 수 있는 마라토너는 아마 존재하지 않을 것이다.

그런데도 태수는 족저근막염이 발병한 37㎞ 지점에서 1㎞나 달려와 38㎞에 도달했다.

38㎞까지 시간은 1시간 46분 06초. 37㎞에서 38㎞까지 1㎞를 3분 20초에 달렸다.

태수가 뒤돌아보자 어퍼템즈스트리트의 직선도로 끝자락에 아스라이 누군가의 모습이 보였다.

그렇지만 거리가 워낙 멀어서 누군지 알아볼 수도 몇 명인지도 잘 보이지 않았다.

그저 중계방송을 하는 차량과 모터바이크들이 몰려 있어서 거기에 2위가 따라오고 있다고 생각했다.

거리는 약 800m 이상이다. 태수가 족저근막염으로 절뚝거리면서 달리고 있지만 그 이전까지는 ㎞당 2분 30~35초로 달렸기 때문에 거리를 충분히 벌려두었다.

탁탁탁탁탁탁탁―

"훅훅… 핫핫… 훅훅… 핫핫……."

속도를 늦춰서 달리니까 의도하지 않았던 휴식을 취하게 돼서 호흡은 많이 안정됐다.

또한 허리와 등 전체가 아픈 것이나 누적된 피로 때문에 무기력하던 컨디션 같은 것들이 다 씻은 듯이 사라졌다. 발뒤꿈치 통증에 묻혀 버린 것이다.

태수는 또 뒤돌아보았다. 10초 만에 800m 거리의 2위가 거리를 좁혔을 리 없지만 마음이 불안하니까 자꾸만 시선이 뒤로 향하고 있다.

'차라리 잘됐다.'

족저근막염 통증이 닥치기 전에 태수는 온몸이 총체적인 난국 상황이었다.

여기저기 욱신거리고 무거우며 무기력증에 시달렸었다. 그런데 족저근막염 통증이 발생하니까 그런 것들이 한꺼번에 다 사라져 버렸다.

그러니까 이제는 어떻게 하든지 족저근막염 발뒤꿈치 통증만 극복하면 되는 것이다. 그런 식으로 간단한 문제로 만들어 버렸다.

'통증은 그냥 통증일 뿐이다.'

뼈가 부러졌거나 근육이 파열됐다면 몸의 기능상 달리는데 문제가 발생하지만, 이건 그냥 통증일 뿐이고 그것만 이겨내면 달리는 것은 지장이 없다는 생각이다.

그렇다고 해서 통증이 별것 아니라면서 막무가내로 달릴 수는 없다.

인체에 '신경'이라는 것이 존재하는 한 인간은 통증에서 자유로울 수 없는 존재다.

'발 앞부분을 딛자.'

태수는 왼발을 발 앞부분, 그러니까 프론트풋 착지로 해보자고 생각했다.

탓… 착… 탓… 착… 탓… 착…….

발소리가 달라졌다. 그러나 달라진 건 그것뿐만이 아니다. 몸이 심하게 좌우로 기우뚱거렸다.

왼발 앞부분으로 디뎠을 때는 머리가 솟구쳤다가 오른발로 디딜 때는 쑥 아래로 꺼졌다.

그렇지만 발뒤꿈치가 아스팔트에 닿지 않으니까 통증이 많이 감소했다.

또한 그런 불편한 자세로 달리니까 오른발에 힘이 많이 들어가고 속도가 제대로 나지 않았다. 그런 주법으로는 km당 3분 이상 내기 어려웠다.

'조금 더 안쪽으로……'

이번에는 왼발 발뒤꿈치를 바닥에 대지 않는 상태에서 발바닥 앞부분과 가운데 부분을 동시에 디디면서 달려보기로 했다. 즉 프론트풋과 미드풋이 섞인 착지다.

탓… 탁… 탓… 탁… 탓… 탁…….

그렇게 하니까 조금 전보다 머리가 수직으로 솟구치는 것이 덜해지고 속도도 올랐다.

하지만 통증이 조금 더 심해졌다. 원래 발뒤꿈치가 바닥에 닿을 때의 통증을 100이라고 한다면 프론트풋 착지일 때는 통증이 30으로 감소했었는데 이번에는 60으로 상승했다.

'이걸로 가자.'

태수는 고통을 감내하기로 마음먹고 그 주법으로 달리기 시작하면서 속도를 측정해 보았다.

200m를 달리면서 측정해 본 결과 km당 2분 58초다.

'이건 안 된다.'

태수는 전방 50m쯤에 39km 팻말을 발견하고 선도차의 시계를 봤다.

1시간 49분 12초. 38㎞에서 39㎞까지 1㎞ 오는 데 3분 6초나 걸렸다.

이래서는 안 된다. 이런 속도라면 피니시까지 10분은 걸릴 테고 그러면 1시간 59분대에 골인이다.

어차피 포기하지 않고 달리는데 이왕이면 신기록을 달성하고 싶다는 마음이 간절하다.

지금 같은 극한 상황에서 남은 3㎞ 남짓을 잘 달려서 어떻게든지 우승만 해도 감지덕지한 일인데 태수는 신기록 수립까지 욕심을 내고 있다.

사람들은 이런 인간을 시쳇말로는 '독종'이라 하고, 좋은 말로는 '집념의 사나이'라고 부른다.

문득 태수는 전쟁 영화에서 중상을 입은 군인에게 모르핀을 주사해 주는 광경을 떠올렸다.

모르핀의 주성분이 아편이라고만 알고 있는 태수는 그걸 맞은 중상 입은 군인이 통증이 사라지는 모습을 영화에서 여러 번 봤었다.

그러나 그 군인이 끝내 죽었다는 사실은 구태여 기억하려 들지 않았다.

'모르핀이나 진통제 같은 것을 맞으면 통증이 사라진다. 다쳤다는 사실은 변함이 없지만 통증을 느끼지 못하게 된다. 그

러니까 나도 모르핀을 맞았다고 생각하는 거다.'

태수는 프론트풋과 미드풋을 섞은 주법으로 달리다가 조금씩 발뒤꿈치를 바닥에 대기 시작했다.

찌르르 하는 통증이 등줄기를 타고 올라 뒷골을 때렸지만 이를 악물고 참았다.

'나는 모르핀을 맞았다.'

자기최면을 걸었다.

타타타타탁탁탁탁탁—

태수는 발뒤꿈치부터 바닥에 닿는 피스톤주법이 아니라 발바닥 중간 부위가 바닥에 닿아서 발뒤꿈치는 큰 역할을 하지 않는 윈마주법이라서 그나마 불행 중 다행이다. 만약 피스톤주법이라면 중도에 포기할 수밖에 없을 것이다.

'진통제도 맞았다. 으윽······.'

진통제까지 맞았다고 자기최면을 걸었는데도 평소의 주법으로 달리기 시작하니까 윈발이 무너지는 것 같은 통증이 전해졌다.

'빌어먹을! 진통제가 약하다. 모르핀을 한 대 더 맞자.'

상상으로 맞는 모르핀이니까 10번을 맞으면 또 어떠랴.

매도 처음 맞는 매가 아픈 법이지 5대 10대 자꾸 맞으면 나중에는 감각이 없어진다.

그런 식으로 태수가 평소의 윈마주법으로 그냥 달리니까

처음에는 발이 떨어져 나갈 것처럼 아팠지만 차츰 나아지기 시작했다.

모르핀 약효가 듣기 시작했나 보다. 태수는 아예 상상의 모르핀을 몇 대 더 허벅지에 찌르고 속도를 높였다.

타타타타타탓탓탓탓—

속도가 km당 2분 45초로 오르더니 2분 40초, 그러고는 마침내 2분 30초까지 속도가 붙었다. 미친 속도다.

"태수 저놈 족저근막염 맞아?"

피니시라인에 도착해서 그곳 대형 TV 화면으로 태수를 보고 있는 심윤복 감독은 눈을 휘둥그렇게 떴다.

"오빠가 극복하고 있는 거예요!"

"족저근막염이 극복한다고 되는 거요?"

"지금 오빠가 하고 있잖아요!"

민영은 태수가 달리는 과정을 자세히 지켜봤기 때문에 아주 구체적으로는 몰라도 대충 어떻게 된 상황인지 짐작할 수는 있었다.

"미쳤다니까 태수 오빠……"

민영은 얼굴이 온통 눈물투성이다.

피니시라인에서 대형 TV를 보고 있는 많은 사람도 경악에 감탄을 더한 표정으로 아무 말도 하지 못하고 TV만 보고 있을 뿐이다.

"저… 저… 놈 정말……."

심윤복 감독은 태수가 40km를 1시간 51분 47초에 통과하는 모습을 TV로 보면서 할 말을 잃어버렸다.

39km에서 40km까지 1km를 2분 35초에 달린 것이다.

누가 봐도 태수는 족저근막염이 분명한데 그 엄청난 고통을 초인적인 인내심으로 극복하고 평소의 속도로, 아니, 점점 더 빠른 속도로 위대한 대기록을 향해 한 발 한 발 달려오고 있는 것이다.

TV를 주시하면서 입을 꾹 다물고 있는 심윤복 감독의 눈에서 닭똥 같은 굵은 눈물이 뚝뚝 떨어졌다.

자기가 가르치는 제자지만 태수는 정말 훌륭한 사내다. 진심으로 존경한다.

"감독님! 저기 봐요!"

갑자기 민영이 TV를 가리키면서 비명을 질렀다.

사실 심윤복 감독은 TV를 보고는 있지만 눈물 때문에 아무것도 보이지 않는 상태다.

그는 눈물을 닦고 다시 TV를 보다가 등짝을 한 대 호되게 얻어맞은 듯한 비명을 질렀다.

"억!"

TV 화면에 손주열이 일본의 무사시노를 추월하고 있는 광경이 보였다.

그리고 캐스터가 코리아의 손주열이 2위인 재팬의 무사시노를 추월하고 있다고 흥분한 목소리로 외치고 있다.

"주열이 저 녀석……."

심윤복 감독은 말하다가 목이 콱 막혀서 말을 잇지 못했다.

태수는 족저근막염인데도 엄청난 고통을 견디면서 달리고 있지를 않나, 여태껏 입상권에는 들어본 적 없는 손주열이 39㎞ 지점에서 2위로 치고 나오지를 않나, 심윤복 감독은 감동하고 기뻐서 흐르는 눈물을 주체하지 못했다.

TV 자막에 손주열 속도가 ㎞당 2분 49초이며, 무사시노는 3분 3초라고 적힌 걸 보니 무사시노가 손주열을 추월할 일은 없을 것 같았다.

다시 화면이 바뀌어서 태수가 나왔고, 민영이 비명을 지르는 것처럼 외쳤다.

"오빠가 워털루브릿지를 지났어요! 현재 속도 2분 27초예요! 어쩌면 좋아! 미쳤어 오빠……."

태수가 몸이 성할 때도 달려보지 못한 속도를 족저근막염인 상태에서 달리고 있으니 민영은 울고불고 제정신이 아니다.

"어서 가요! 조금 있으면 오빠를 육안으로 볼 수 있을 거예요! 뭐해요, 감독님?"

민영은 공원을 가로질러 달리기 시작하며 소리 질렀다. 길쭉한 형태의 세인트제임스파크 한가운데에는 세인트제임스파크호수가 있으며 그걸 건너면 태수가 강변 쪽에서 달려 들어오는 모습을 볼 수가 있다.

태수를 본 후에 민영은 다시 왔던 길을 되돌아 피니시라인으로 돌아오고, 태수는 공원을 빙 돌아서 피니시라인으로 달려올 것이다.

'저렇게 멋진 남자를… 바보같이 어째서 내 남자로 만들지 못하는 거야!'

민영은 달리면서 바보 같은 자신을 원망하고 또 원망했다.

태수는 왼쪽의 헝거포드브릿지를 지나 강변도로 빅토리아임뱅크먼트를 질주했다.

조금 전까지 속도가 ㎞당 2분 27초였는데 지금은 2분 25초로 조금 더 빨라졌다.

어쩌면 왼쪽 템즈강에서 불어오는 강바람이 태수의 등을 떠밀어주는 덕분인지도 모른다.

왼발 발뒤꿈치의 통증은 왼발을 디딜 때마다 따끔거리는 정도에 불과하다.

아마도 태수가 만들어낸 가상의 모르핀을 10대 이상 맞은 덕분인가 보다.

더 희한한 일은 오늘은 러너스하이도 마의 벽도 전혀 느끼지 못했다는 사실이다.

혹시 그가 허리와 등 전체가 아프고 누적된 피로 때문에 온몸이 무기력했던 그때가 마의 벽이었는지 모른다. 어쨌든 중요한 건 그런 것들을 죄다 극복했다는 사실이다.

태수가 달리고 있는 빅토리아임뱅크먼트가 끝나는 곳 왼편에 웨스터민스터브릿지가 보이고 진행요원들이 오른쪽으로 길게 늘어서 있는데 그곳에 41km 팻말이 서 있다.

지금 태수는 아무 생각도 나지 않았다. 몸의 고통도 발뒤꿈치의 통증도 느끼지 못했으며, 2위나 3위가 어디쯤 따라오고 있는지도 관심이 없다.

마라토너로서 살아생전에 마지막으로 달리는 런던마라톤대회의 골인 직전에 남은 1km 남짓한 거리를 한껏 즐기면서 달리고 있다.

타타타타탓탓탓탓탓—

"혹혹… 핫핫… 혹혹… 핫핫……."

태수는 진행요원들의 인도에 따라서 우회전했다. 전방 오른편에 우거진 숲으로 이루어진 세인트제임스파크가, 전방에는 버킹엄궁이 보였다.

수많은 사람이 세인트제임스파크 옆길인 버드케이지워크 양쪽에서 열렬하게 환호하며 박수를 보내고 있다.

"오빠!"

오른쪽 시민들 틈에서 귀에 익은 민영의 목소리가 들려서 고개를 돌렸다.

"오빠! 이제 다 왔어!"

시민들 속에서 펑펑 울면서 두 손을 입에 모으고 외치는 민영의 모습이 보였다.

태수는 그녀를 향해 오른팔을 쭉 뻗어 엄지손가락을 힘껏 치켜세웠다.

'바보같이… 나 같은 놈이 어디가 좋다고.'

태수는 몸이 2개쯤 있으면 하나는 민영에게 주고 싶다. 그게 아니면 인생을 다시 한 번 더 살게 된다면 그땐 민영의 사랑을 받아주고 싶다.

태수에게 희생적이고 헌신하는 것으로 봐선 민영도 혜원이 못지않다. 다만 태수가 혜원을 더 먼저 만났다는 것뿐이다.

버킹엄궁 앞에서 세인트제임스파크를 오른쪽에 끼고 우회전 할 때 선도차와 중계방송차량이 옆길로 빠졌다. 피니시에 다 왔기 때문이다.

이제 피니시라인까지 불과 300m다. 우회전 한 번만 하고 나서 200m만 달려가면 아마도 21세기 안에는 깨지지 않을 불멸의 대기록이 수립될 것이다.

태수는 300m 남은 거리를 달리면서 이상하게도 기분이 아주 좋아졌다.

족저근막염 때문에 왼쪽 발뒤꿈치가 뜨끔거리는 것은 여전하지만, 그것하고는 상관없이 기분이 매우 상쾌해서 마치 구름 위를 달리는 것 같은 기분이다.

우회전을 하여 더 몰 직선도로를 질주했다.

와아아아—

도로 양쪽에 모인 수백 명의 시민이 열광적으로 함성을 지르며 인간으로서는 최초의 시간대에 피니시라인으로 달려 들어오는 태수를 환영했다.

타타타타탓탓탓탓탓—

"훅훅… 핫핫… 훅훅… 핫핫……."

태수는 달리는 게 아니라 날아간다는 기분으로 피니시라인을 향해 질주했다.

아까 스타트를 해서 피니시까지 오는 것이 마치 한 번의 인생을 산 것 같은 기분이다.

지금까지는 그런 생각이 한 번도 든 적이 없었는데 유독 오늘 경기만 별다르게 느껴졌다.

그렇게 생각하니까 지금까지 달렸던 마라톤대회들이 다 한 번씩의 인생을 살면서 달린 것 같았다.

스타트한 것이 태어난 것이고 골인하는 것이 생을 다해서 죽는 게 아니다.

그냥 스물여섯 살의 나이로 몇 번의 인생을 살아본 것 같은 기분이다.

혼자서 고독한 질주를 하면서 매 경기마다 정말 죽을 것처럼 힘들어서 몇 번이나 포기하려던 적도 있었다.

그렇지만 죽을 고생을 하고 골인을 하고 나면 많은 것을 깨닫고 배우게 됐었다.

다음에는 그렇게 달리지 말아야지, 하는 마라톤만 깨닫고 배운 게 아니라, 자신의 삶에 대해서 곰곰이 생각하면서 돌아보게 되었고 반성을 거듭하면서 조금씩 발전했었다. 그래서 지금의 윈드 마스터 한태수가 존재하는 것이다.

피니시라인을 30m 남겨둔 곳에서 태수는 한 가지 중요한 사실을 깨달았다.

'나는 지금까지 달리면서 인생을 배웠구나……!'

피니시라인 위 아치의 시계는 1시간 57분 37초를 가리키고 있었다.

동마에서 세웠던 기록 1시간 58분 52초를 1분 15초나 앞당긴 엄청난 대기록이다.

타타타타탓탓탓탓—

"훅훅… 핫핫… 훗훗… 핫핫……."

태수는 테이프를 힘차게 끊으면서 골인했다.

와아아아—

퍼퍼퍼펑! 펑! 펑!

새로운 대기록을 축하하는 함성과 축포가 요란하게 터졌다.

사랑하는 사람들, 민영과 심윤복 감독, 윤미소, 나순덕이 폭포처럼 눈물을 쏟으면서 태수에게 우르르 달려들었다.

태수는 환하게 웃으면서 그들에게 두 팔을 활짝 펼쳤다.

"헉헉헉헉… 모두 사랑합니다!"

그는 사랑하는 사람들을 힘차게 포옹했다.

태수는 오늘 런던에서 또 한 번의 인생을 달리면서 많은 것을 경험했다.

『바람의 마스터』 8권에 계속…

초대형 24시 만화방

신간 100%, 샤워실, 흡연실, 수면실(침대석), 커플석, 세탁기 완비

■ 강북 노원역점 ■

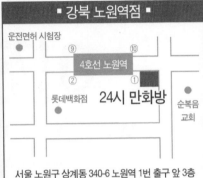

서울 노원구 상계동 340-6 노원역 1번 출구 앞 3층
02) 951-8324 (화용빌딩 3층)

■ 일산 정발산역점 ■

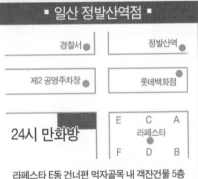

라페스타 E동 건너편 먹자골목 내 객잔건물 5층
031) 914-1957

■ 일산 화정역점 ■

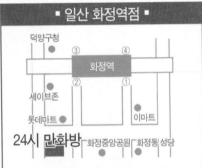

경기도 고양시 덕양구 화정동 984번지 서일빌딩 7층
031) 979-4874 (서일사우나 건물 7층)

■ 부천 역곡역점 ■

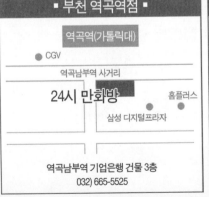

역곡남부역 기업은행 건물 3층
032) 665-5525

■ 부평역점 ■

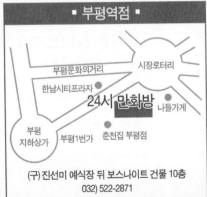

(구) 진선미 예식장 뒤 보스나이트 건물 10층
032) 522-2871

FUSION FANTASTIC STORY

성운을 먹는 자

김재한 퓨전 판타지 소설

『폭염의 용제』, 『용마검전』의 김재한 작가가 펼쳐 내는
이제까지와는 전혀 다른 새로운 이야기!

『성운을 먹는 자』

하늘에서 별이 떨어진 날
성운(星運)의 기재(奇才)가 태어났다.

그와 같은 날,
아무런 재능도 갖지 못하고 태어난 형운.
별의 힘을 얻으려는 자들의 핍박 속에서 한 기인을 만나다!

"어떻게 하늘에게 선택받은 천재를 범재가 이길 수 있나요?"
"돈이다."
"…네?"
"우리는 돈으로 하늘의 재능을 능가할 것이다."

FUSION FANTASTIC STORY

비츄 장편소설

올 스탯 슬레이어

강해지고 싶은 자, 스탯을 올려라!
『올 스탯 슬레이어』

갑작스런 몬스터의 출현으로 급변한 세계.
그리고 등장한 슬레이어.

[유현석 님은 슬레이어로 선택되었습니다.]
"미친… 내가 아직도 꿈을 꾸나?"

권태로움에 빠져 있던 그가…

"뭐냐 너?"
"글쎄. 나도 예상은 못했는데, 한 방에 죽네."

슬레이어로 각성하다!

Book Publishing CHUNGEORAM

유행이 아닌 자유추구 -
WWW.chungeoram.com

이계진입 리로디드

임경배 퓨전 판타지 소설
FUSION FANTASTIC STORY

『권왕전생』임경배의 2015년 신작!

『이계진입 리로디드』

**왕의 심장이 불타 사라질 때,
현세의 운명을 초월한 존재가 이 땅에 강림하리라!**

폭군으로부터 이세계를 구원한 지구인 소년 성시한.
부와 명예, 아름다운 연인…
해피엔딩으로 이야기는 끝인 줄 알았건만
그 대가는 지구로의 무참한 추방이었다.
그리고 10년 후…….

"내가 돌아왔다! 이 개자식들아!"

한 번 세상을 구한 영웅의 이계 '재' 진입 이야기!

Book Publishing CHUNGEORAM

유행이 아닌 자유추구 -
WWW.chungeoram.com